SV

Karsten Eichner

Sherlock Holmes:

Die Wiesbadener Fälle

SOCIETÄTS**VERLAG**

Schutzumschlaggestaltung: Katja Holst, Frankfurt
Satz: Nicole Proba, Societäts-Verlag
Druck und Verarbeitung: Bercker Graphischer Betrieb,
Kevelaer
Printed in Germany 2009

ISBN 978-3-7973-1161-0

Inhalt

Auf der Suche nach dem verlorenen Holmes 7

Sherlock Holmes und
die „Germania-Verschwörung“ 17

Sherlock Holmes und
der ermordete Großfürst 45

Sherlock Holmes und
das sagenhafte Eisenmännchen 61

Sherlock Holmes und
das Geheimnis des Salonmusikers 89

Sherlock Holmes und
der Tote mit dem Zwicker 115

Sherlock Holmes und
der „Fall Wagner“ 147

Nachwort 157

Auf der Suche nach dem verlorenen Holmes

Meine Hände zitterten leicht, als ich das Skalpell ergriff. Endlich war der Augenblick gekommen, den ich seit Jahren herbeigesehnt hatte. Schier endlose Recherchen in staubigen Archiven lagen hinter mir, Reisen durch halb Europa, Gespräche mit senilen Zeitzeugen, die außer Anekdoten und Halbwahrheiten nicht viel zu berichten wussten. Aber nun war ich endlich am Ziel – „Kommissar Zufall“ hatte mich auf die richtige Fährte gebracht. Zögernd blickte ich noch einmal zur Seite, direkt in die blauen Augen von Jacqui, die mir ermunternd zunickte. Auch der neben ihr stehende Mr. Moss, angetan mit seinem unvermeidlichen weißen Kittel, neigte zustimmend seinen schmalen Gelehrtenkopf, der entfernt an den Schauspieler John Cleese erinnerte. Mit beherztem Schwung setzte ich zum Schnitt an.

Der mürbe Bindfaden, der das große, braune Bündel Papiere wohl seit Jahrzehnten fest zusammengehalten hatte, leistete keinen Widerstand. Hastig zog ich ihn zur Seite, um die Umhüllung aus Packpapier zu entfernen, auf dem in leicht verblichener, aber immer noch gut lesbarer Handschrift die Worte „Papers of John H. Watson, M.D.“ standen. Ich schlug das Packpapier zur Seite – und war wie vom Blitz getroffen. Denn die zahlreichen losen Blätter waren – ausnahmslos leer. Kein einziges wies irgendein Anzeichen schriftlicher Notizen auf. Kein Abrieb eines Bleistifts. Nicht einmal die durchgedrückte Schrift von anderen Papieren. Einfach nichts. An den Gesichtern meiner schottischen Studienfreundin Jacqui und meines ehemaligen universitären

Mentors Mr. Moss sah ich, dass sie mindestens ebenso enttäuscht waren wie ich.

Denn die Sensation – sie schien bereits zum Greifen nah. Die verloren geglaubten weiteren Abenteuer des Sherlock Holmes – aufgefunden in einem schottischen Archiv. Es hatte wohl nicht sollen sein. Wie hatte ich auch erwarten können, dass des Rätsels Lösung so einfach sein würde?

Bei einem Pint Guinness im Keller-Pub der Glasgow University Union überschlugen wir die Situation. So viel stand fest: Wir hatten zweifelsohne Papiere gefunden, die aus dem Besitz des legendären Holmes-Chronisten Dr. Watson stammten. Die Historie ließ sich lückenlos zurückverfolgen. Und nun waren diese Papiere leer. Das roch doch förmlich nach einem schlechten Scherz. Einer Finte des berühmten Meisterdetektivs, der im Verschleiern seiner Spuren mindestens ebenso gut war wie im Lösen kniffligster Kriminalfälle und dessen Sinn für skurrile Scherze mehr als einmal von Watson dargestellt worden war. Oder war es am Ende etwa eine neue Spur, die uns Holmes und Watson da gelegt hatten? Vielleicht hatte das clevere Duo ja im Sinn, dass nur derjenige die Geschichten finden sollte, der sich der „Kunst der Deduktion“ als würdig erwies.

Diesen Gedanken nachhängend, blickte ich zum Nachbartisch, wo eine Gruppe stark alkoholisierter Studenten in eine lautstarke Diskussion geriet. Sie erörterten die offenbar höchst wichtige Frage, ob Geld stinke, und reichten zu diesem Zweck eine Fünfpfundnote herum, die sich jeder schnüffelnd unter die Nase hielt. Ein besonders Gewitzter riss die Banknote an sich und grölte, er könne sofort beweisen, dass Geld sogar bestialisch stinke. Er zückte sein Feuerzeug und begann, den Schein an einer Seite anzuzünden. Es dauerte eine ganze Weile, bis das schwere Papier Feuer gefangen hatte, doch bald züngelte eine breite Flamme am Rand entlang, der sich kräuselte und schwarz wurde. Die Queen blickte weiterhin gleichmütig, als sich die Flammen ihrem alterslosen Antlitz näherten. In dem Moment sahen Mr. Moss und ich uns an. Das dumme Spielchen am Nachbartisch hatte uns praktisch gleichzeitig auf die naheliegende Idee gebracht: Geheimtinte! Unsichtbar auf dem Papier, aber gut lesbar, wenn man das Blatt über eine Kerzenflamme hielt.

Natürlich, wie konnte es auch anders sein? War nicht Holmes überall als begnadeter Chemiker bekannt? Als ein Mann, der im Alleingang einen Stoff zum Nachweis von Hämoglobin entwickelt hatte? Dass wir nicht gleich darauf gekommen waren! Noch am gleichen Abend nahm Mr. Moss die Papiere mit in das chemische Labor der Universität, um sie untersuchen und die Schrift sichtbar machen zu lassen.

Während wir gespannt auf das Ergebnis warteten, ließ ich die bisherigen Recherchen noch einmal Revue passieren. Wie hatte alles angefangen, damals vor über zehn Jahren? Ich saß damals an meiner Doktorarbeit über die Volksabstimmung in Oberschlesien im Jahr 1921, eine direkte Folge des Versailler Vertrages. Um die Abstimmung zu schützen – immerhin war die Industrieregion politischer Zankapfel zwischen Deutschland und Polen –, hatten die alliierten Siegermächte des Ersten Weltkriegs die Region kurzerhand besetzt und eine eigene Kommission mit der vorübergehenden Verwaltung betraut. Neben Franzosen und Italienern waren es eben auch die Briten, die hier an einer Art früher internationaler „Friedenstruppe“ mitwirken sollten.

Im Sommer 1998 saß ich daher im stickigen Reading Room des Londoner Public Record Office und wertete die Berichte britischer Offiziere aus. Routinearbeit für einen Historiker, so dachte ich. Dann machte ich plötzlich eine ungeahnte Entdeckung. Und zwar im privaten Tagebuch eines britischen Offiziers, dessen Name mich bereits aufhorchen ließ. Major Watson hieß der Mann, hatte einen mittleren Rang in der interalliierten Behörde und war zuvor im ebenfalls von den Alliierten besetzten Rheinland stationiert gewesen. Er beschrieb nicht nur seinen Dienst, sondern auch die Reise von Köln ins oberschlesische Oppeln, die ihn unter anderem über Wiesbaden führte. Wörtlich schrieb er: „Kurzer Aufenthalt in Wiesbaden. Sonniges Wetter. Das also ist die Stadt, von der mein Großonkel John Watson so lebhaft berichtet hat und wo er vor dem Krieg so viele spannende Abenteuer erlebt hat. Wie gern würde ich hier bleiben und seine Geschichten noch einmal am Ort des Geschehens lesen. Aber es soll nicht sein. Wir müssen weiter, nach Oberschlesien, mitten in den Unruheherd. Völlig unklare politische Situation. Es bräuchte hier schon einen Holmes, um das Knäuel zu entwirren."

Ich war wie vom Donner gerührt. Sollte das möglich sein? Bisher unbekannte Sherlock-Holmes-Geschichten, und dann noch nicht einmal aus London, sondern aus der damaligen „Weltkurstadt" Wiesbaden. Aufgezeichnet vom treuen Watson, doch offenbar nie an die Öffentlichkeit gelangt. Einzig in der Niederschrift eines Offiziers erwähnt. Und dieser ansonsten unbedeutende Mann ein Verwandter des berühmten Watson. Oder war es am Ende gar ein Aufschneider, ein Scharlatan und Wichtigtuer? Das schien mir anhand der übrigen, sachlichen und historisch nachprüfbaren Aufzeichnungen wenig wahrscheinlich. Oberschlesien und die Dissertation waren auf einmal ganz weit weg. Stattdessen begann ich, mich mehr mit Watson zu beschäftigen – und den „Wiesbadener Fällen", wie ich die erwähnten Geschichten insgeheim bereits getauft hatte.

Bei meiner ersten Anlaufstelle, im Sherlock-Holmes-Museum in der Baker Street 221B, kam ich nicht recht weiter. Unbekannte Wiesbadener Abenteuer? Das sei wenig glaubhaft, versicherte man mir. Selbst ein betagter Herr namens Mr. Knowles, der von sich behauptete, als kleiner Junge für den alternden Dr. Watson gelegentliche Botengänge übernommen zu haben, konnte auf meine Fragen nichts Substanzielles antworten.

Und doch gab es diesen Tagebucheintrag, der mir keine Ruhe ließ – denn er deckte sich mit dem Wissen um viele weitere unveröffentlichte Holmes-Abenteuer. Hatte nicht Watson zu Beginn des „Rätsels der Thor-Brücke" selbst davon berichtet, dass er in einer metallenen Kiste zahlreiche noch unveröffentlichte Manuskripte, darunter viele Notizen und unfertige Geschichten, aufbewahren würde? Gut gesichert in einem Tresor der Londoner Bank Cox & Co. direkt am Charing Cross.

Nun wusste ich mittlerweile aus der einschlägigen Literatur, dass die Bank im Zweiten Weltkrieg zerstört worden war. Alle nicht im „Strand Magazine" (einer britischen Illustrierten aus dieser Zeit) veröffentlichten Holmes-Geschichten gelten daher unter Kennern seit diesem Zeitpunkt als unwiederbringlich verloren. Ironie der Geschichte: Sollten etwa die Wiesbadener Holmes-Geschichten, die so lange der Öffentlichkeit verborgen geblieben waren, ausgerechnet durch einen deutschen Luftangriff vernichtet worden sein? Oder war es nicht vielleicht doch möglich, dass sie sich zu dem Zeitpunkt gar nicht mehr in dem Bankgebäude befanden? War dies vielleicht eine weitere Finte des trickreichen Meisterdetektivs und seines treuen Biographen?

Ich beschloss, zunächst einmal Näheres über diesen Major Watson und über seine Verwandtschaft mit dem berühmten Doktor herausfinden. Dies stellte sich als schwierig heraus, denn über Offiziere, wie es sie zu Tausenden gab, war die Quellenlage naturgemäß recht dünn. Immerhin konnte ich im Londoner National Army Museum die Personalakte des Mannes finden. Demnach war er 1885 in Edinburgh geboren, hatte nach der Schule die Militärlaufbahn eingeschlagen und war rasch befördert worden. Im Ersten Weltkrieg diente er in Flandern und 1919 gehörte er zur britischen Rheinarmee, die im Kölner Raum Quartier genommen hatte. Von dort aus kam er 1920 nach Oberschlesien, wo er als Mitglied der Kommission bis 1922 blieb. Anschließend diente er noch einige Jahre bei verschiedenen Regimentern, unter anderem in Ägypten und Indien, bis er 1935 im Range eines Obersten aus der Armee ausschied. Danach verliert sich seine Spur. Kein Eintrag im britischen „Who's Who" – wo immerhin seine Vorgesetzten zu finden sind –, keine Hinweise, keine Veröffentlichungen. Fast schien es, als hätte dieser seltsame Major aufgehört zu existieren. Und doch war er in meinen Augen der Schlüssel zu den verschwundenen Holmes-Geschichten.

Und dann kam mir, als ich schon nicht mehr darauf zu hoffen wagte, „Kommissar Zufall" zu Hilfe. In diesem Fall war es meine alte Studienfreundin Jacqui, die nach ihrem Geschichtsstudium eine Ausbildung als Archivarin absolviert hatte und nun PR-Arbeit für eine große schottische Whisky-Brennerei machte. Als ich ihr eher beiläufig von meinen vielen Versuchen berichtete, mehr über den geheimnisvollen Offizier herauszufinden, kam kurz darauf eine E-Mail von ihr: Sie habe einen Mitarbeiter gleichen Namens als Berater ihrer Destillerie gefunden – und zwar in den Jahren 1936 bis 1953. Ob ich mir den nicht einmal näher ansehen wolle …?

Es brauchte nicht viele detektivische Fähigkeiten, um den Dingen auf den Grund zu gehen: Es handelte sich tatsächlich um den gleichen Mann. Er war 50-jährig aus der Armee ausgeschieden, nachdem man ihm einen lukrativen Posten bei der besagten Destillerie angeboten hatte – einen entsprechenden Kontrakt hatte Jacqui im Archiv gefunden. Fortan arbeitete er wieder in seiner Heimatstadt Edinburgh – und zwar bis zu seinem Tode. Wie wir rasch feststellten, war Watson „im Dienst" gestorben, noch bevor er sich zur wohlverdienten Ruhe setzen konnte. Da er unverheiratet war und keine

Nachkommen besaß, hatte er sein Vermögen dem National Trust for Scotland vermacht. Seine privaten Papiere und Aufzeichnungen jedoch, und das war die eigentliche Sensation, hatte er seinem Arbeitgeber überlassen, der sie später an das Schottische Unternehmensarchiv in Glasgow abtrat. Und hier war Jacqui ein offenbar seit Jahrzehnten unberührtes Konvolut mit seinem Namen aufgefallen – zwischen der Geschäftsführungs-Korrespondenz und den Kontorbüchern. Ich wusste, dass Holmes-Chronist Dr. Watson etwa zwischen 1930 und 1940 gestorben sein musste – gut möglich also, dass er seine privaten Papiere seinem Neffen hinterlassen hatte.

So weit die Vorgeschichte der Entdeckung. Doch die Ernüchterung folgte wenig später. Denn das Ergebnis der chemischen Untersuchung der Papiere, das Mr. Moss präsentierte, war enttäuschend. Lediglich ein einziger Satz war darauf zu lesen, und zwar auf Deutsch: „Die Wunde getäuschter Zuversicht wird stets aufs neue brennen. Gustav Freytag."

Mr. Moss war genauso ratlos wie ich. Was wollte Dr. Watson – wenn er es war, der dies geschrieben hatte – uns damit sagen? Was sollte dieses Zitat? Warum auf Deutsch? Und warum ausgerechnet Gustav Freytag? Fast schien es so, als wollte uns Watson an der Nase herumführen. Wollte er gar eine falsche Spur legen? Oder war es ein Test für unsere Findigkeit? Durch die jahrzehntelange Bekanntschaft mit Holmes und die Beschreibung von dessen Fällen hatte sich Dr. Watson sicherlich die eine oder andere Finte abgeschaut, die er nun hier anwandte. Immerhin, ganz hoffnungslos schien eine Lösung des Rätsels nicht. Denn der schlesische Schriftsteller Gustav Freytag hatte, berühmt geworden und zu Geld gekommen, seine letzten Lebensjahre in Wiesbaden verbracht. War hier eine Verbindung zwischen dem in Oberschlesien eingesetzten Major Watson und den Wiesbadener Abenteuern seines Großonkels? War die Erwähnung Freytags, den Watson möglicherweise sogar selbst in Wiesbaden kennen gelernt hatte, ein versteckter Hinweis auf diese „Wiesbadener Fälle“? Aber wo befanden sich dann die Manuskripte, wenn sie nicht in dem leeren Blätterstapel waren?

Wieder und wieder spielte ich in Gedanken alle Möglichkeiten durch. Angenommen, es gab diese Abenteuer tatsächlich und Watson hatte sie zu Papier gebracht: Da er sie nicht zum Druck freigegeben hatte, mussten sie wohl in seinen privaten Papieren verblieben sein. Wenn sie tatsächlich in der Kiste gelegen hatten, die im Zweiten Weltkrieg mitsamt dem Londoner Bankhaus untergegangen war, dann waren sie jetzt auf immer verloren. Aber was, wenn sie nicht im Banktresor gelegen hatten? Wenn diese Papiere vorher an einen anderen, sicheren Ort gebracht worden waren? Aber welcher Ort sollte das sein? Und warum sollte jemand Interesse daran haben, harmlose Holmes-Geschichten vor der Öffentlichkeit zu verbergen?

Oder waren diese Geschichten am Ende gar nicht so harmlos? Enthielten sie etwa Indiskretionen, gar Hinweise auf geheime politische Vorgänge? War einem der darin Erwähnten daran gelegen, seinen Namen nicht im „Strand Magazine“ publiziert zu sehen? Hatte eine ausländische Macht Druck ausgeübt? Da das Deutsche Reich nach dem verlorenen Ersten Weltkrieg wohl kaum Wünsche durchsetzen konnte, irgendwelche Detektiv-Geschichten ungedruckt zu lassen, schied diese Variante schnell aus. Aber gab es vielleicht eine Order seitens der britischen Regierung oder gar einen diskret geäußerten Wunsch aus dem Königshaus? Wollte man von offizieller Seite verhindern, dass diese Geschichten ihre Öffentlichkeit fanden? Je länger ich darüber nachdachte, desto plausibler erschien mir die letzte Variante. Hatte die britische Regierung – speziell während des Ersten Weltkriegs – nicht allergrößtes Interesse daran, jedwede deutschfreundliche Publikation zu unterdrücken? Und fiel nicht ein britischer Detektiv, der auf deutschem Boden, womöglich in Zusammenarbeit mit der deutschen Kriminalpolizei, spektakuläre Kriminalfälle löste, genau in diese Kategorie? Die wenigen veröffentlichten Holmes-Geschichten jener Jahre zeichnen jedenfalls ein ganz anderes Bild von Holmes – nämlich das eines engagierten Kämpfers für die britische Sache, der reihenweise deutschen Agenten das Handwerk legt.

Natürlich! So musste es sein: Die Geschichten waren zwar aufgeschrieben, aber auf Veranlassung der britischen Regierung unter Verschluss genommen worden. Und wer anderes als Mycroft Holmes, der ältere Bruder des Detektivs und die „graue Eminenz" der britischen Regierung, konnte diese Maßnahme empfohlen haben? Wenn die Akten den Zweiten Weltkrieg überlebt hatten, dann mussten sie auch noch vorhanden sein! Ich beschloss, dem Public Record Office einen neuerlichen Besuch abzustatten.

Es kostete mich noch einmal etliche Tage, bis ich endlich des Rätsels Lösung hatte. Es war eine echte archivarische Fleißarbeit, denn natürlich gab es in den Findbüchern keine „Akte Sherlock Holmes" oder „Akte Dr. Watson". Ich vermutete zu Recht einen harmlosen oder gar irreführenden Titel und wühlte mich daher systematisch durch alle in Frage kommenden Bestände aus Mycroft Holmes' Ministerium. Und tatsächlich: Eines Spätnachmittags hielt ich schließlich den seit vielen Jahrzehnten offensichtlich unberührten, graugrünen, eingestaubten Pappkarton in den Händen, der den lange gesuchten literarischen Schatz barg – in Form eines dicken Bündels vergilbter Manuskriptseiten. Der Bestand trug die irreführende, völlig harmlose Bezeichnung „Miscellaneous Papers", aber stutzig gemacht hatte mich die für normale Unterlagen höchst ungewöhnliche Sperrfrist von 90 Jahren. Es war, als hätte Mycroft Holmes die Papiere damit lange Zeit aus dem Verkehr ziehen, aber zugleich einen kleinen, augenzwinkernden Hinweis auf den so wichtigen Inhalt geben wollen.

Dass dem tatsächlich so war, zeigte mir eine kurze handschriftliche Randnotiz in sauberer Tinte: „Auf Anweisung für 90 Jahre unter Verschluss zu nehmen“, stand dort zu lesen, mit dem Datum 10. August 1914, paraphiert mit „M.H.“. Der Erste Weltkrieg war da erst ein paar Tage alt – doch offenbar waren die Geschichten brisant genug, um lange im Dunkel der Archivkeller zu verschwinden.

Dabei war die Vorsicht von Mycroft Holmes aus heutiger Sicht vielleicht ein wenig übertrieben: Längst nicht alles in den Geschichten ist hochpolitisch, wie der Leser dieses Buches rasch feststellen wird. Aber zugleich zeugen alle Fälle von einer längst vergangenen, glänzenden Epoche und beschreiben höchst merkwürdige, skurrile und auf jeden Fall sehr spannende kriminalistische Abenteuer in einer der wichtigsten Kurstädte ihrer Zeit. Umso größer ist meine Freude, diese Geschichten nun ans Licht gebracht zu haben – die „Wiesbadener Fälle“ des Sherlock Holmes.

Sherlock Holmes und die „Germania-Verschwörung“

Unter den vielen Abenteuern, die Sherlock Holmes in seiner Karriere zu bestehen hatte, gehört das folgende aus zwei ganz unterschiedlichen Gründen sicherlich zu den außergewöhnlichsten. Zum einen ist es ein Fall von höchster politischer Brisanz, der beinahe die Geschichte Europas verändert hätte. Zum anderen ist es hierbei ausgerechnet nicht dem Eingreifen Holmes’, sondern lediglich einem glücklichen Zufall zu verdanken, dass dies am Ende doch nicht geschehen ist.

Ich habe lange Zeit, genau genommen sogar etliche Jahre, mit meinem Freund darum gerungen, diesen Fall zu publizieren. Zu vieles sprach in Holmes’ Augen dagegen: die Verwicklung britischer Spione und höchster offizieller Stellen in diese Angelegenheit, dazu die eigene, bisher gut verschwiegene Rolle Holmes’ als geheimer Ermittler im Ausland, überdies die geradezu tollkühnen Aktionen einer internationalen Verbrecherorganisation und nicht zuletzt die für Holmes persönlich wenig befriedigende Lösung des Falles.

Gerade mit diesem Argument jedoch schien ich meinen Freund schließlich zu überzeugen, die Geschichte zumindest erst einmal zu Papier zu bringen, zeigt sie doch einmal nicht den unfehlbaren Holmes, sondern vielmehr einen tragischen und daher „menschlichen“ Helden, der zwar die Lösung des Rätsels vor Augen hat, aber in den Verlauf der Ereignisse selbst nicht mehr eingreifen kann. „Vielleicht ist es sogar gut, wenn Sie diese Geschichte veröffentlichen“, meinte er schließlich mit einem Lächeln, „denn nach all den anderen Geschichten, die ein viel zu positives Bild von meinen bescheidenen Fähigkeiten zeichnen, ist mir die öffentliche Aufmerksamkeit schon viel zu viel geworden. Wie Sie wissen, halte ich es hier mit Epikur und lebe lieber im Verborgenen. Und im Übrigen", so schloss Holmes seine Betrachtung, während er wie zur Bekräftigung seiner überschaubaren epikureischen Neigungen nach seiner Tabakspfeife auf dem Kaminsims griff, „hätte ein anderer Ausgang dieses Abenteuers den Verlauf der Geschichte vielleicht doch nicht so sehr geändert, wie wir einst befürchtet hatten, sondern die aktuelle politische Lage lediglich ein paar Jahre vorweggenommen." Während ich noch darüber nachgrübelte, ob Holmes' Worte wirklich ganz ernst gemeint waren, da der Fall so oder so vom sensationshungrigen Publikum begierig aufgenommen würde, hatte er sich bequem in seinen Ohrensessel zurückgelehnt und ließ genüsslich kleine aromatisch duftende Rauchwolken seinem Mund entströmen. Ich hingegen griff zu Feder und Tinte, um die Geschichte auf Papier zu bringen.

Es war an einem Spätsommertag im Jahre 1883. Ich hatte gerade mein Frühstück beendet und einen Blick in die „Times" geworfen, während Holmes, der an diesem Morgen besonders früh aufgestanden war, sich bereits mit seinen chemischen Experimenten beschäftigte, genau genommen mit der Technik von Sprengstoffen. Ich dagegen überflog die Überschriften der Zeitung. Was war nicht wieder alles passiert auf der Welt: Zwischen Sumatra und Java war der Vulkan Krakatau explodiert und hatte zehntausende Opfer gefordert – Fachleute sprachen von dem größten Vulkanausbruch der jüngeren Geschichte. Der König von Annam in Südostasien hatte sich französischem Schutz unterstellt – ein Schritt, der von der britischen Regierung mit großem Argwohn betrachtet wurde. Und in Deutschland sollte in Kürze die Statue der „Germania" in Rüdesheim eingeweiht werden – kein gutes Signal für die sowieso schon arg gespannten deutsch-französischen Beziehungen und damit die Stabilität auf dem Kontinent, wie der Artikel ausführte.

Während ich noch meine Gedanken von den Vulkanopfern zu den Problemen der europäischen Politik schweifen ließ, kam unsere Haushälterin Mrs. Hudson herein und meldete mit sichtlicher Nervosität zwei Herren, die ihren Namen nicht genannt hatten, aber Mr. Sherlock Holmes in einer dringenden und äußerst delikaten Angelegenheit zu sprechen wünschten. Ich bot wie immer in solchen Fällen meinem Freund an, mich für die Dauer des Gesprächs zurückzuziehen, doch wie zumeist hielt Holmes mich zurück. „Watson, Sie wissen doch, welch unschätzbare Dienste Sie mir schon bei anderen Abenteuern geleistet haben", sagte er, „und wenn Sie nicht gerade etwas Besseres zu tun haben, würde ich mich glücklich schätzen, wenn Sie dem Gespräch mit zwei inkognito angereisten Gentlemen beiwohnen würden."

Wenige Augenblicke später standen diese auch schon in unserem Wohnzimmer. Der eine war groß und schlank, mit rotblonden, an der Stirn bereits zurückweichenden Haaren, einer schmalen Habichtsnase und buschigen Augenbrauen. In seinem noch jugendlichen Gesicht spiegelten sich Energie und Klugheit, Macht und Autorität, und der Zug um seinen Mund verriet, dass er es gewohnt war, dass seinen Anordnungen jederzeit sofort Folge geleistet wurde. In unserem bescheidenen Wohnraum stand niemand anderes als Sir Reginald Turnbull, Unter-Staatssekretär des Äußeren, zuständig für die politischen Beziehungen zu Deutschland und derjenige Mann im Foreign Office, dem man schon damals eine noch weitaus glänzendere Karriere voraussagte. Wenn dieser aufstrebende Politiker sich höchstpersönlich zu Sherlock Holmes bemühte, dann musste dies einen besonderen Grund haben.

Gegenüber der physischen Präsenz von Sir Reginald war der zweite Besucher als geradezu unscheinbar zu bezeichnen.

Er hatte eine Knollennase und eine spiegelnde Halbglatze, die von einem dürren braunen Haarkranz umsäumt wurde, trug einen altmodischen dunklen Anzug, der ihm einen gewissen ernsten und feierlichen Anstrich gab. Auf den ersten Blick wirkte er wie ein vorsichtiger, korrekter Buchhalter oder ein Beamter auf mittlerer Hierarchiestufe. Doch dieser Eindruck täuschte, denn es handelte sich bei ihm, wie wir rasch erfuhren, um Ernest White, den Privatsekretär der Königin. Whites hervorstechendste Eigenschaften waren Ergebenheit und Diskretion gegenüber seiner Monarchin. Diese Diskretion ging so weit, dass White sich praktisch überall unsichtbar machte. Meines Wissens ist er in keinem offiziellen Dokument jemals aufgetaucht, sein Name fand sich in keiner Gästeliste eines öffentlichen Ereignisses und auch sein Bild suchte man vergeblich in den Gazetten der Fleet Street. Trotz oder gerade wegen dieser öffentlichen Nicht-Existenz war dieser Mann ein nicht zu unterschätzender Machtfaktor in der britischen Politik, da die Königin seinen Rat schätzte und White praktisch nie in die Verlegenheit kam, selbst öffentlich auftreten und seinen Standpunkt rechtfertigen zu müssen.

Doch dieses Wissen hatte ich zu diesem Zeitpunkt natürlich noch nicht. Und es war auch nicht White, sondern Sir Reginald, der nach der knappen Vorstellung und der Versicherung Holmes', dass er auf meine Anwesenheit allergrößten Wert lege, das Wort ergriff: „Meine Herren, wir sind in aller Diskretion hierhergekommen, weil wir Ihren Rat in einem Fall von internationaler Wichtigkeit benötigen. Ich möchte vorausschicken, dass dieser Fall das europäische Gleichgewicht empfindlich stören, ja sogar einen neuen Krieg bedeuten kann ..." – „Liegt Ihnen denn das Wohlergehen des deutschen Kronprinzen und seiner Gattin so am Herzen, dass Sie dazu sogar meine bescheidenen Dienste in Anspruch nehmen wollen?", fragte Holmes unverblümt dazwischen, als Sir Reginald gerade eine künstlerische Pause eingelegt hatte, um die Dramatik seiner Worte zu steigern.

Wohl keine Antwort hätte eine ähnlich durchschlagende Wirkung haben können wie Holmes' Einwurf. White erstarrte geradezu und machte eine sauertöpfische Miene, während Sir Reginald förmlich zusammenklappte, die Augen aufriss und sich sein Mund zu einer staunenden Frage öffnete. „Woher, wieso, ... wie können Sie schon wissen, um was es geht?", fragte er schließlich mit belegter Stimme. Dann räusperte er sich, und man konnte spüren, wie der Staatsmann seine gewohnte Souveränität förmlich wieder erzwang. „Mr. Holmes", sagte er dann deutlich artikuliert und sich kerzengerade aufrichtend, „Ihr Hang zu mitunter seltsamen Scherzen ist sattsam bekannt, auch im Foreign Office. Aber hier geht es um einen Fall von unerhörter Wichtigkeit, und da sind diese kleinen Demonstrationen Ihres Könnens völlig fehl am Platze. Im Gegenteil, Sie sind mir eine Erklärung schuldig! Ich will wissen, wie Sie in Erfahrung bringen konnten, weswegen wir hier sind. Und wenn Sie nicht in den Verdacht geraten wollen, ein Spion zu sein, verlange ich augenblicklich Aufklärung."

„Aber mein lieber Sir Reginald", antwortete Holmes verbindlich lächelnd, „nichts lieber als das. Bitte entschuldigen Sie, dass ich Sie mit meiner kleinen Kostprobe in solche Verwirrung gestürzt habe. Ich hoffe, Sie verzeihen mir diese Anwandlung von Eitelkeit, die mich bisweilen überkommt, vor allem, wenn ein solch illustrer Klient wie Sie sich hierher bemüht. Natürlich habe ich nicht spioniert, nichts liegt mir ferner. Aber ich kann eins und eins zusammenzählen und, wie Sie wissen, meine ganz eigenen Schlüsse daraus ziehen. Ihr Aufgabengebiet im Foreign Office beispielsweise ist der Kontinent, insbesondere das Deutsche Reich. Und Ihr werter Begleiter hier", fing Holmes nun an zu dozieren, „ist ein enger Vertrauter unserer verehrten Königin. Die Schnittmenge aus beidem ist die kaiserliche Familie in Deutschland – genauer gesagt Kronprinz Friedrich und seine Gemahlin Victoria, die Tochter unserer Königin. Es gibt keine andere Erklärung als die, dass Ihr Anliegen direkt mit dem Kronprinzenpaar zusammenhängt. Aus welchem Grund sonst sollte das britische Königshaus ein über die familiären Bindungen hinaus reichendes Interesse am Wohlergehen des Kronprinzenpaares haben, dass es in dieser Frage so eng mit dem Foreign Office zusammenarbeitet? Doch wohl nur dann, wenn dem Paar schwerwiegendes Ungemach droht, das auch die britischen Interessen berührt. Wenn man nun in Rechnung stellt, dass auf Kaiser Wilhelm I. in den letzten Jahren bereits drei Attentatsversuche unternommen worden sind, und man weiterhin in Rechnung stellt, dass der Kronprinz seit jeher eine anglophile Haltung einnimmt, dann wird das Interesse an seinem Wohlergehen umso verständlicher. Kurzum: Ich bin überzeugt, dass Sie ein tödliches Attentat auf den Kronprinzen befürchten, das alle Hoffnungen auf einen künftigen probritischen Kurs des Reiches zunichtemachen würde, und dass Sie mich deshalb auf inoffiziellem Weg um meine Hilfe bitten."

An den staunend-bewundernden Gesichtern von Sir Reginald und Mr. White konnte ich ablesen, dass Holmes' Schlussfolgerungen ihre Wirkung nicht verfehlt hatten. „Exzellent, Mr. Holmes, wirklich exzellent", rief Sir Reginald aus und drückte meinem Freund emphatisch die Hand. „Sie haben unsere Sorgen genau auf den Punkt gebracht. Ich muss mich dafür entschuldigen, Sie zu Unrecht der Spionage bezichtigt zu haben, und erlaube mir, Ihnen die übrigen Fakten darzulegen."

„Wir wissen aus sicherer Quelle", fuhr Sir Reginald fort, „dass ein Bombenanschlag auf den Deutschen Kaiser geplant ist. Vermutlich von anarchistischen Umstürzlern. Und zwar während der Einweihung des Niederwald-Denkmals oberhalb von Rüdesheim am Rhein. Bei dieser Feier werden neben dem Kaiser auch der Kronprinz und dessen Gemahlin anwesend sein, außerdem zahlreiche weitere Bundesfürsten und Würdenträger des Reiches. Ein Anschlag hätte also weit reichende, um nicht zu sagen katastrophale Folgen." – „Und Sie können sich vorstellen, wie besorgt unsere Königin um das Leben ihrer Tochter und ihres Schwiegersohnes ist", ergänzte Mr. White. „Da die Feier bereits in einigen Tagen stattfinden soll, ist höchste Eile geboten."

„Aber wenn Sie alles so genau wissen, warum informieren Sie dann nicht die deutschen Behörden und lassen die Sicherheitsvorkehrungen erhöhen oder sagen das Fest sogar ganz ab?", wagte ich an dieser Stelle einzuwenden. „Zumindest könnte man den Kronprinzen davon abhalten, an der Feier teilzunehmen." – „Mein lieber Dr. Watson", antwortete Sir Reginald etwas von oben herab. „Das sind Entscheidungen der hohen Politik, die Sie nicht beeinflussen können und selbst ich in meiner Position nicht zu ändern vermag. Die Feier ist gewissermaßen von nationaler Bedeutung, die Einladungen sind verschickt, eine Absage wäre eine Blamage. Zudem ist der kaiserliche Hof sehr darauf bedacht, sich nichts von britischer Seite vorschreiben zu lassen. Sie wissen vielleicht, wie sehr die Kronprinzessin darunter leidet, dass sie stets nur als ‚die Engländerin' angesehen wird, die mehr für ihr Geburtsland als für ihre neue Heimat empfindet. Ja, mehr noch, man würde offen unseren Informationen misstrauen und dahinter einen raffinierten französischen Coup vermuten, um die Feier zu sabotieren." Dieser Einwand war nicht von der Hand zu weisen, hatte die Errichtung der riesigen martialischen Bronzestatue am Rheinufer doch schon seit etlichen Jahren die Gemüter in Frankreich erhitzt.

„Und zu guter Letzt", sagte Sir Reginald, „müssten wir in einem solchen Fall unsere Quelle preisgeben, und das kann nun wirklich nicht im Interesse der britischen Regierung liegen. Was ich deshalb von Ihnen verlange“, fuhr Sir Reginald an Sherlock Holmes gerichtet fort, „ist, dass Sie sich inkognito nach Deutschland begeben, unseren Informanten in Wiesbaden treffen, die weiteren Hintergründe aufklären, den Anschlag vereiteln und die Attentäter ausfindig machen. Ich weiß, dass dies eine höchst delikate und gefährliche Mission ist, aber Sie sind der Beste, den wir für diese Aufgabe haben. Man hat mir mehr als einmal von Ihren Fähigkeiten berichtet, und wenn diese nur halb so gut sind, wie man sagt, dann sind Sie mein Mann.“ – „Und der der Königin“, setzte Mr. White lächelnd hinzu. Ich wusste mittlerweile, wie empfänglich Holmes für solche Schmeicheleien war, und so verfehlten diese Worte auch nicht ihre Wirkung. Noch am gleichen Tag saßen wir, versehen mit weiteren Instruktionen sowie Papieren, die uns als Korrespondenten des „London Star“ auswiesen, in einem Erste-Klasse-Coupé des Zugs nach Dover.

Für mich war es der erste Besuch in Deutschland, und ich muss sagen, dass mich die Landschaft begeisterte. Als wir uns Wiesbaden näherten, war das Rheintal in ein spätsommerliches, warmes Licht getaucht, und ich konnte gut verstehen, warum so viele meiner Landsleute die Romantik einer Rheinreise genießen wollten. Holmes hingegen vermochten die Schönheiten der Natur nicht zu reizen. Ihn interessierte einzig die ‚Germania-Verschwörung‘, wie er unser Abenteuer nonchalant nannte, und er, der die deutsche Sprache gut beherrschte, verbrachte in unserem Abteil die letzten Stunden vor der Ankunft fast ausschließlich mit der Lektüre deutscher Zeitungen.

In Wiesbaden angekommen, bezogen wir sofort zwei Zimmer im „Europäischen Hof“, einem komfortablen, wenn auch etwas großspurigen Kurhotel mit einer internationalen Klientel. In der Halle hörte ich englische, russische und niederländische Sprachfetzen, und ich begriff, wie gut das Hotel ausgewählt war, wenn es um unsere Tarnung ging. Zwei Gentlemen aus London fielen hier nun wirklich nicht sonderlich auf.

Wenn dies der gute Start unseres Abenteuers war, so war das nun folgende Kapitel weitaus enttäuschender. Vereinbarungsgemäß sollten wir am folgenden Tag unseren Kontaktmann, einen gewissen Herrn Bartels, an den Kochbrunnen-Kolonnaden treffen. Also schlenderten wir zur vereinbarten Stunde, den Baedeker als Erkennungszeichen unter dem Arm, vorbei an etlichen Paaren jeden Alters, die hier auf Linderung ihrer Leiden hofften oder auch einfach nur auf Vergnügungsreise hierhergekommen waren. Ich sah reiche Russen, die ebenso durch lautstarke Unterhaltungen wie durch die übertriebene Toilette ihrer Damen auffielen, spleenige britische Paare, gar einen indischen Prinzen mit Gefolge, der durch seine prächtigen Gewänder Aufsehen erregte, und nicht zuletzt viele bürgerlich gekleidete Deutsche, die sicherlich in den zahlreichen günstigen Pensionen wohnten, die sich um das Kurviertel herumgruppierten. Auch einige stark geschminkte Damen von offenbar zweifelhaftem Ruf meinte ich zu erkennen. Holmes sah diese gewiss auch, doch er schien sie nicht zu bemerken, so sehr war er auf seine Aufgabe fixiert.

Allein, Bartels tauchte nicht auf. „Offenbar kommt er heute nicht mehr“, meinte Holmes nach einer ganzen Weile, während mir allmählich schon die Beine schwer wurden. „Vielleicht sollten wir nach ihm suchen“, schlug ich vor. Holmes wiegte nachdenklich den Kopf. „Das ist nicht ganz so einfach. Wir wissen von Bartels außer seinem Namen nur, dass er bei der Eisenbahn arbeitet. Und da es hier in Wiesbaden mehrere Linien und Bahnhöfe gibt, ist es ein gutes Stück Arbeit. Aber ich habe schon einen Plan, wie ich vorgehen könnte. Mein lieber Watson, wenn es Ihnen nichts ausmacht, würde ich mich gern ein paar Stunden von Ihnen trennen.“ Ich war zwar ein wenig enttäuscht, nicht bei der Suche behilflich sein zu dürfen, akzeptierte aber die Entscheidung meines Freundes. Ich nutzte die Zeit, um ein wenig durch die

Kuranlagen zu schlendern und mir die Auslagen der Geschäfte zu besehen, bevor ich gegen Abend ins Hotel zurückkehrte. Holmes war noch nicht da, und ich wollte gerade allein zum Dinner in den Speisesaal hinuntergehen, als er brüsk in mein Zimmer stürmte. „Kommen Sie, Watson", rief er aufgeregt, „wir haben keine Minute zu verlieren", und schon zog er mich in Richtung Ausgang und in eine wartende Droschke.

„Es ging leichter, als ich dachte", erzählte er mir, während unser Gefährt durch die Straßen ratterte. „Bereits am Taunus-Bahnhof hatte ich Glück. Eine große Tarnung brauchte ich dafür nicht, denn ich gab mich als britischer Tourist aus, der von Wiesbaden aus einige Ausflüge in die nähere Umgebung plant. Als ich im Gespräch mit den Bahnbeamten dann wie zufällig den Namen Bartels erwähnte, war das ein Glückstreffer. Denn Bartels ist allseits beliebt, ein jovialer Mann, der mit einfachen Gepäckträgern auf ebenso gutem Fuße steht wie mit dem Stationsvorsteher. Kein Wunder, dass er hier unser Kontaktmann ist – denn wer sonst kann an zentraler Stelle überwachen, wer in Wiesbaden ankommt oder abfährt. Ausgerechnet heute ist er, der bei allen als Vorbild an deutscher Pünktlichkeit und Ordnungsliebe gilt, nicht zur Arbeit erschienen. Alle Versuche, ihn zu finden, sind bisher vergeblich gewesen. Durch geschicktes Nachfragen konnte ich den Männern im Nu auch seine Adresse entlocken", sagte Holmes schmunzelnd und rieb sich zufrieden die Hände, „und dorthin sind wir nun unterwegs." – „Aber wenn wir so offen bei ihm vorfahren, ist doch unsere und vor allem auch seine Tarnung gefährdet", sagte ich verdutzt. „Da Bartels entgegen der Abmachung nicht zu unserem Treffen erschienen ist, mache ich mir um die Tarnung augenblicklich viel weniger Sorgen als um ihn selbst", antwortete Holmes düster. „Jetzt kommt es auf jede Minute an."

Wir hielten ein wenig außerhalb der Innenstadt vor einem soliden, zweistöckigen Gebäude. Es war kein feudales Anwesen, zeugte aber doch von einem bescheidenen bürgerlichen Wohlstand – also wohl gerade angemessen für einen unverheirateten Bahnbeamten mit mittlerem Einkommen. „Wir geben uns als britische Eisenbahner aus, die einen alten Bekannten besuchen“, raunte Holmes mir noch zu, während er die Glocke betätigte. Es dauerte einen Moment, bevor eine etwas mürrische ältere Frau mit straff nach hinten geknoteten weißen Haaren uns die Tür öffnete, unzweifelhaft die Hauswirtin, und uns misstrauisch nach unseren Wünschen fragte. Holmes erläuterte mit dem freundlichsten Lächeln der Welt und in sehr passablem Deutsch unser Anliegen, was die Frau jedoch kaum zu beeindrucken schien. „Wenn Sie Ihren Freund suchen, so werden sie ihn nicht finden“, sagte sie, und ihre Brillengläser blitzten. „Ich habe ihn seit gestern nicht mehr gesehen, er ist ganz überraschend für drei Monate auf eine dienstliche Reise gegangen.“ – „Aber woher wissen Sie denn das?“, fragte Holmes. „Von zwei Herren, die heute hier waren und rasch einige Sachen für ihn abgeholt haben.“ Holmes und ich sahen uns viel sagend an, während die Wirtin weitererzählte: „Sie sagten, sie seien Freunde von ihm, und haben mir die Miete für drei Monate im Voraus bezahlt.“

Es kostete Holmes seine ganze Überredungskunst und zuletzt auch einige diskret überreichte größere Geldstücke, bis er es fertigbrachte, dass uns die alte Frau ebenfalls in die Wohnung von Bartels ließ. Diese bestand, wie wir rasch feststellten, aus einem mittelgroßen, relativ schäbig eingerichteten Wohnraum, einer kleinen Kammer, die als Schlafzimmer diente, und einer winzigen Küche. Und noch etwas fiel uns sehr schnell auf: Die Wohnung war praktisch leer. Alle persönlichen Gegenstände von Bartels fehlten. Der Kleiderschrank war leer geräumt, ebenso die Schublade des wackeligen Schreibtischs. Die beiden Männer, die vor uns da gewesen waren, hatten offenbar gründliche Arbeit geleistet.

„Wir müssen doch irgendeinen Anhaltspunkt finden“, sagte ich, während Holmes bereits seine Lupe aus der Tasche gezogen hatte und die ganze Wohnung akribisch musterte. Er besah sich alle Möbel ganz genau, schaute hinter den Schrank, legte sich gar auf den Boden, um unter das Bett zu blicken. Auf dem Boden unter dem fleckigen Teppich fand er einen abgerissenen Jackenknopf, den er genau studierte und dann in seine Tasche steckte. Schließlich zog er die Schublade des Schreibtischs heraus und griff mit der flachen Hand in die nun frei werdende Öffnung. Ein triumphierendes Lächeln überzog sein Gesicht, als er einen flachen Aktendeckel herauszog, der zuvor an der Unterseite der Tischplatte befestigt gewesen war. „Das hier haben unsere ‚Freunde‘ vermutlich gesucht, aber nicht gefunden“, sagte er. „Offenbar sind sie zwar gründlich, aber nicht sonderlich phantasievoll, was Geheimverstecke angeht. Lassen Sie uns nun aber schnell von hier verschwinden, ehe die Alte zu viel Verdacht schöpft oder noch mehr Geld aus uns herauspressen will.“

Zurück im Hotel, besahen wir uns das Dossier genauer. Es enthielt diverse Zeitungsausschnitte, unter anderem eine genaue Beschreibung der „Germania“-Statue in Rüdesheim mit Plänen und Fotos, mehrere Artikel zu Aktivitäten von Sozialisten und Anarchisten, und zu guter Letzt einige Börsennotierungen. Holmes sichtete das gewonnene Material sehr gründlich, und ich sah ihm an, dass er intensiv nachdachte. „Mein lieber Watson“, sagte er schließlich, „ich hätte gern Ihre Meinung zu diesem Fall gehört.“ – „Die Fakten scheinen klar“, antwortete ich. „Bartels war einem Komplott anarchistischer Attentäter auf der Spur. Die haben offenbar Wind von der Sache bekommen und ihn entführt, bevor er uns mehr darüber berichten konnte.“ Holmes schmunzelte. „Ja, dieser Verdacht scheint sich förmlich aufzudrängen.

Und nun hätte ich gern Ihre Einschätzung zu diesem Knopf“, sagte er und er reichte mir das Exemplar, das er auf dem Boden von Bartels’ Wohnung gefunden hatte. „Ein ganz gewöhnlicher Jackenknopf, ich kann nichts Besonderes daran erkennen“, sagte ich. Holmes lächelte erneut. „Weil Sie nicht die Hinweise zu lesen verstehen, die Ihnen dieser Knopf bietet“, sagte er. „Ich habe mich eingehend mit Jacken- und Hosenknöpfen beschäftigt und darüber sogar eine kleine wissenschaftliche Monographie geschrieben, deren Lektüre ich jedem Inspektor unserer Polizei wärmstens anempfehle. Und dieser besagte Knopf hier“, fuhr er fort, „hat ganz charakteristische Merkmale. Sehen Sie, wie elegant der Rand ausgeformt ist? Sehen Sie, wie exakt die Knopflöcher gearbeitet sind? Es gibt nur einen einzigen Schneider in Londons Savile Row, der diese Knöpfe verarbeitet.“

„Aus London?“, fragte ich erstaunt. „Ja, es scheint, als ob zumindest einer unserer Freunde, die offenbar ganz direkt mit dem Verschwinden des armen Bartels zu tun haben, sich einen teuren Londoner Schneider leisten kann. Nicht gerade das, was man sich unter einem deutschen Anarchisten vorstellt“, sagte er mit schiefem Lächeln. „Aber könnte der Knopf nicht von Bartels sein?“, fragte ich ungläubig. „Von einem biederen deutschen Eisenbahner? Bartels steht zwar in britischen Diensten und wird dafür sicherlich auch gut entlohnt, aber eine derartige Dummheit und Gefährdung seiner Tarnung traue ich ihm nicht zu. Nein, mir scheint, der Fall ist komplizierter, als wir angenommen haben“, sagte Holmes. „Noch komplizierter? Aber wo sollen wir dann ansetzen?“, fragte ich irritiert. „Bei der Börse“, antwortete mein Freund kryptisch. „Mein lieber Freund, ich werde wohl eine kleine Reise nach Frankfurt unternehmen müssen.“

Gleich am darauf folgenden Morgen verließ Holmes das Hotel. Meine Hoffnung, ihn schon am gleichen Nachmittag wiederzusehen, erfüllte sich nicht. Ja selbst gegen Abend kehrte er nicht zurück, so dass ich schließlich allein an der Table d'hôte dinieren musste, eingezwängt zwischen einer dünkelhaften alten Lady aus Exeter und einem senilen, halb tauben Baron aus Österreich, mit dem kaum ein Gespräch zustande kam. Erst am kommenden Tag bekam ich meinen Freund wieder zu Gesicht. „Ich war an der Frankfurter Börse“, erzählte er mir beim Lunch in einem kleinen Weinlokal der Innenstadt. „Es scheint, als wenn in den letzten Tagen mit äußerster Diskretion größere Transaktionen durchgeführt worden sind. Ich habe mit mehreren Händlern gesprochen und sogar mit einem Journalisten der ‚Frankfurter Zeitung‘, aber Genaueres kann ich erst sagen, wenn ich Informationen aus London erhalten habe. Ich habe mich deswegen mit White getroffen, der noch heute zurückreist.“

„White ist in Deutschland?“, fragte ich ungläubig. „Ja, er ist die ganze Zeit in unserer Nähe geblieben. Offiziell ist er nach Deutschland gekommen, um für den Keller der Queen einige Bestände an Hochheimer Wein einzukaufen, den sie bekanntlich so schätzt. Tatsächlich aber fungiert er als unser Kontaktmann, um in dringenden Fällen wie diesem den direkten Kontakt nach London herzustellen.“ – „Und warum habe ich davon bisher nichts gewusst?“, fragte ich leicht verärgert. „Das ist allein der Geheimnistuerei unserer Regierung zu verdanken“, sagte Holmes lakonisch. „Offenbar ist man der Meinung, dass es in diesem speziellen Fall ausreichte, mir die Informationen zu übermitteln. Aber wenn wir sehen, wie leicht ein Mann wie Bartels enttarnt werden kann, ist diese Vorsicht sicherlich nicht fehl am Platze.“

Meine immer noch vorhandene Verärgerung wischte Holmes dann aber rasch beiseite. Denn er eröffnete mir seine Pläne für den Abend: gemeinsam im Schutze der Dunkelheit die Baustelle der „Germania“ zu erkunden. Ich dachte sofort an die Pläne aus Bartels' Mappe und sagte freudestrahlend zu. „Packen Sie Ihren Revolver ein, es könnte gefährlich werden“, sagte Holmes noch und mein Herz schlug vor Aufregung schneller. Endlich eine Aktion, bei der ich meinem Freund eine echte Hilfe sein konnte.

Es dauerte eine ganze Weile, bis wir endlich Rüdesheim am Rhein erreicht hatten. Zu Fuß stiegen wir im Schein der Abendsonne durch die Weinberge hinauf zu der Statue, die sich metallisch schimmernd gen Frankreich reckte. Durch einen Zaun, der die „Germania“ weitläufig umgab, observierten wir das Gelände. Ringsumher waren Arbeiter damit beschäftigt, alles für die große Einweihungsfeier herzurichten. Zimmerleute errichteten ein prächtiges Podest, das für den Kaiser und seine Entourage bestimmt war. Etwas abseits davon entstand ein großes Festzelt, in dem die Menge der Feiernden später einen Imbiss zu sich nehmen würde. Auch an der Statue selbst legten Arbeiter letzte Hand an, bauten ein Gestell für die Enthüllungszeremonie. Holmes und ich umrundeten den ganzen Bereich, während die Arbeiter allmählich ihre Sachen zusammenpackten. „Heute Nacht werden wir uns das Gelände näher ansehen“, raunte Holmes mir zu, während wir für ein schnelles Abendessen nach Rüdesheim zurückkehrten.

Als wir in einem kleinen Lokal am Ortsrand saßen, wirkte Holmes teilweise wie abwesend. Ein Gespräch mit ihm war kaum möglich, aber aus dem angespannten Zug um seine Mundwinkel konnte ich mittlerweile ablesen, dass ihn etwas stark beschäftigte. Was das war, erzählte er mir erst auf dem Rückweg hoch zur „Germania“, nachdem wir plötzlich und übereilt aus der Gaststätte aufgebrochen waren. „Ich habe den Arbeitern am Nachbartisch zugehört, und das war höchst interessant“, sagte Holmes. „Wie Sie wissen, bin ich der deutschen Sprache recht gut mächtig. Und was ich dort eben zu hören bekam, mag für unseren Fall von großer Bedeutung sein.“ – „Und was haben Ihnen die Arbeiter verraten?“, fragte ich irritiert. „Eigentlich nichts von Belang“, antwortete

Holmes. „Aber in der Summe doch recht merkwürdige Dinge, denen ich gern näher auf den Grund gehen würde." – „Zum Beispiel?", fragte ich nun höchst interessiert. „Ein Arbeiter behauptet steif und fest, dass er eines Morgens einen anderen Meißel an seinem Arbeitsplatz fand als den, den er am Abend dort zurückgelassen hatte. Ein anderer berichtet, dass ein Stein, den er am Abend gesetzt hatte, am anderen Morgen plötzlich verkehrt herum eingesetzt war. Und ein Dritter will beschwören, dass er nachts merkwürdige geisterhafte Gestalten auf der Baustelle wahrgenommen hat, während er vom Tal aus hinaufblickte."

„Aber wird die Baustelle denn nachts nicht bewacht?", fragte ich, doch Holmes lächelte müde: „Sie wissen doch genauso gut wie ich, wie viel Wachen auf Baustellen im Zweifelsfall wert sind. Entweder sie sind von Natur aus blind und taub, oder eine nette kleine Summe hilft der Natur auf diese Weise nach. Nein, ich glaube, dass auf der Baustelle etwas geschieht, was mit der Fertigstellung des Monuments selbst wenig zu tun hat und was ich mit Ihrer Hilfe hoffentlich herausbekomme."

Tatsächlich war der Bauzaun bewacht – wenn auch nur schlecht. Ein alter Mann mit einer vorsintflutlichen Laterne drehte schlurfend eine Runde, bevor er sich in eine windschiefe Hütte zurückzog, die offenbar sein Quartier war. Holmes und ich warteten noch eine Weile, dann half mir Holmes, über den Zaun zu klettern, bevor er sich selbst behände darüberschwang. Die Baustelle lag in fahlem Mondschein, der gespenstisch die Wolken durchdrang. Vorsichtig und leise näherten wir uns dem Monument und kletterten die Stufen des Sockels empor.

Dann breitete Holmes seine beiden Arme aus – gerade so, als wolle er Sockel und Statue umarmen. Holmes schien meine Irritation zu spüren. „Ich prüfe die Fugen auf mögliche Spalten", sagte er, während er leichtfüßig mit seiner seltsam anzusehenden Tätigkeit fortfuhr. Allmählich umrundete er den massiven Sockel, und schließlich nahm er sich auch die einzelnen Bronzereliefs vor, die auf dem Sockel aufgeklebt aussahen wie Briefmarken auf einem Paket. Vorsichtig klopfte er gegen jede einzelne Platte, bis das normalerweise dumpfe Pochen bei einem Relief schließlich hohl klang. Holmes' Augen blitzten im Mondlicht, und ich konnte ihm seine Genugtuung ansehen.

„Woher wussten Sie, dass hier ein Hohlraum ist?", fragte ich leise. „Denken Sie an Bartels' Pläne", flüsterte Holmes zurück. „Lassen Sie uns einen Platz suchen, von dem aus wir die Stelle gut beobachten können." Geräuschlos zogen wir uns hinter einen Stapel Bretter zurück, der wohl noch für eine der Ehrentribünen Verwendung finden sollte. „Warum sind Sie so sicher, dass heute Nacht noch etwas passieren wird?", frage ich flüsternd. „Weil in zwei Tagen die Einweihungsfeier ist", entgegnete Holmes. „Entweder in dieser oder der kommenden Nacht rechne ich damit, dass die Attentäter hier einen Sprengsatz platzieren werden." – „Aber das hätten sie doch schon längst tun können", entgegnete ich. „Aber dann wäre die Gefahr einer frühzeitigen Entdeckung viel zu groß", sagte Holmes ruhig. „Nein, ich glaube, dass wir hier bald Besuch bekommen werden."

Es sollte freilich noch eine ganze Weile dauern, bis die Voraussage von Holmes tatsächlich eintrat. Stunden um Stunden harrten wir in unbequemer Haltung hinter dem Holzstapel aus. Eine Zeitlang versetzte mich ein leises Knistern und Rascheln in einiger Entfernung in Alarmbereitschaft, doch Holmes beruhigte mich: „Nur ein Igel, wenn ich die Geräusche richtig deute." Trotzdem schlug mir mein Herz bis zum Hals, und es dauerte eine ganze Weile, bis ich mich wieder beruhigt hatte.

Schließlich, nach einer weiteren Stunde, hörten wir erneut Geräusche. Diesmal war es kein Igel, so viel stand fest. Mit einem Blick auf meine Taschenuhr konnte ich erkennen, dass es mittlerweile ein Uhr morgens war. Vorsichtig und geräuschlos lugten wir hinter unserem Bretterstapel hervor. Dort, ganz nahe am Sockel der Statue, sahen wir plötzlich drei dunkle Gestalten. Dunkel im wahrsten Sinne des Wortes, denn sie trugen schwarze Hosen und Jacken und hatten dunkle Mützen aufgesetzt. Zwei von ihnen schleppten gerade schwere Pakete in Richtung des Sockels. Der dritte, ein kräftiger und hochgewachsener Mann, schien ihr Anführer zu sein, denn mit kurzen unwirschen Handbewegungen dirigierte er lautlos seine Begleiter. Ein leises Scharren war zu hören, dann gab die von Holmes zuvor inspizierte Platte einen Hohlraum frei, in den sie die Pakete legten. Vorsichtig schlossen die Attentäter anschließend wieder die Platte und entfernten sich leise.

Wir warteten eine gute Weile, um nicht selbst beobachtet zu werden, und schlichen uns dann vorsichtig an die Statue heran. Die Platte aufzuschieben, war für zwei kräftige Männer kein großes Unterfangen. Und dann blickten wir vorsichtig in den Hohlraum. Eine Laterne anzuzünden, war uns angesichts des offenbar hier versteckten Sprengstoffs ebenso wie angesichts der Entdeckungsgefahr viel zu gefährlich. Doch auch so konnten wir schemenhaft das halbe Dutzend Pakete wahrnehmen, das sich darin befand. „Helfen Sie mir, die hier herauszuschaffen“, sagte Holmes.

Gemeinsam trugen wir die schweren Pakete in den hinteren Bereich des Baugeländes. Hier befanden sich nicht nur die Werkstätten der Steinmetze, Maurer und Metallarbeiter sowie mehrere stark riechende Latrinen, sondern auch die Reste eines Sandhaufens, der offenbar beim Anrühren des Mörtels Verwendung gefunden hatte. „Wir kippen das Pulver in die Latrinen“, befand Holmes, „und füllen die Pakete stattdessen mit Sand.“ So einfach diese Idee war, so einfach ließ sie sich auch in die Tat umsetzen. In Windeseile hatten wir die jetzt ungefährlichen Pakete wieder verschnürt und zur Statue zurückgebracht.

Jetzt hatten wir auch Gelegenheit, uns im Lichte eines Streichholzes ohne Gefahr für Leib und Leben das Versteck näher anzusehen. Was wir vorhin in der Dunkelheit übersehen hatten, war ein kleines Kästchen. Ein dünner Draht führte aus ihm heraus und endete kurz unterhab der Öffnung, die die Bronzeplatte freigegeben hatte. „Offenbar ein Verzögerungszünder, der beim Ziehen des Drahtes ausgelöst wird und dem Attentäter die Chance gibt, sich noch rechtzeitig in Sicherheit zu bringen", bemerkte Holmes. „Nun, ohne das Dynamit in den Paketen ist er jedenfalls wertlos." Gemeinsam verstauten wir daraufhin die Pakete wieder in der Höhlung und verschlossen sie mit der Bronzeplatte, unter der der Draht – für unbedarfte Zuschauer praktisch nicht zu sehen – hervorlugte. Kein Mensch würde ahnen, was sich hinter der Platte verbarg. Und die Attentäter selbst würden von unserer entscheidenden Manipulation sicherlich auch nichts bemerken! Müde, aber zufrieden traten wir den Rückweg an.

Es war schon später Vormittag, als wir endlich Wiesbaden wieder erreichten. Für Holmes lag an der Rezeption des „Europäischen Hofs" ein Telegramm bereit, das er kurz überflog und dann schmunzelnd an mich weiterreichte. Der Text lautete: „Lady G. schwer erkrankt. Habe genügend Goldmark besorgt. Drei deutsche Ärzte Rupsch, Küchler und Reinsdorf sind für Radikalkur. Jede Verzögerung lebensbedrohlich. Kommt schnell. Ernest." Irritiert sah ich Holmes an. „Ein verschlüsselter Text, ohne Frage. Aber was hat er zu bedeuten?" – „Das ist doch nur zu offensichtlich, lieber Watson", sagte Holmes. Bei Ernest handelt es sich um unseren Freund Mr. White, der uns Informationen aus London schickt. Dass die ‚Germania', also Lady G., in Gefahr schwebte, das wissen wir bereits selbst. Und von den drei Attentätern kennen wir jetzt sogar die Namen – nämlich

Rupsch, Küchler und Reinsdorf. Wir wissen auch, woher die Börsentransaktionen kommen: Offenbar haben sie Aktien verkauft, um Geld für ihre verbrecherischen Pläne zu erhalten. Sollten sie unter richtigem Namen in Rüdesheim oder Umgebung abgestiegen sein, dürfe es nicht allzu schwer werden, ihre Spur aufzunehmen." – „Aber wir haben doch nur noch bis morgen Zeit", sagte ich. „Das erscheint mir reichlich knapp." – „Und deswegen werden wir morgen auf der Feier die Augen offenhalten", befand Holmes. „Die Bombe selbst kann nun keinen Schaden mehr anrichten. Es kommt nur darauf an, die Attentäter auch auf frischer Tat zu überführen und den deutschen Behörden zuzuspielen. Ruhen Sie sich ein wenig aus, morgen wird ein anstrengender Tag."

Der 28. September 1883 wurde tatsächlich ein anstrengender Tag, und zwar gleich in mehrfacher Hinsicht. Wir waren schon früh aufgestanden, denn als akkreditierte Berichterstatter des „London Star" mussten wir frühzeitig auf unserem Posten sein. Zum Glück war der Bereich, der für die Presse reserviert war, nicht allzu weit von der Stelle der entschärften Bombe entfernt. Gewandet in Frack und Schleife, wie es zu diesem Anlass gefordert war, erwarteten wir die kommenden Dinge. Holmes gab sich nach außen hin völlig ruhig, doch ich sah im Flackern seiner grauen Augen, wie sehr er sich auf seine Aufgabe konzentrierte.

Ich hingegen genoss trotz meiner Anspannung das Schauspiel, das sich mir bot. Und das war bemerkenswert: Zwar herrschte an diesem trüben, wolkenverhangenen Tag ganz und gar kein „Kaiserwetter", aber dennoch säumten Tausende die Straßen von Rüdesheim zum Denkmal hinauf. Eine Flotte prächtig geschmückter Dampfer kam den Rhein herunter und stoppte auf Höhe des Denkmals in Paradeaufstellung. Gesangs- und Turnvereine waren aufmarschiert, Kriegervereine in prächtigen Uniformen und mit gestickten Fahnen nahmen Haltung an, ein Musikkorps in schimmerndem Kürass spielte unablässig vaterländische Märsche, und die Auffahrt der Kutschen, die die wichtigsten Ehrengäste von Rüdesheim heraufbrachten, wollte kein Ende nehmen. Überall Uniformen, Schärpen und Epauletten, blitzende Orden, Pickelhauben und prächtige Federbüsche und natürlich viele, viele schwarz-weiß-rote Fahnen.

Ganz im Gegensatz zu dem festlichen, sehr militärischen Gepränge stand der Kaiser selbst: Obwohl auch er eine prächtige Uniform trug, kam er mir eher vor wie ein bescheidener weißhaariger Greis, dem die ganze Feier nicht so recht zu gefallen schien. Einige Schritte hinter ihm gewahrte ich den Kronprinzen – einen stattlichen Mann mit großem braunen Vollbart, dessen Schutz man uns anbefohlen hatte. Kaum hatte der Kaiser die Glückwünsche der Ehrenjungfrauen entgegengenommen, griff Holmes nach meiner Hand. „Kommen Sie schnell, es geht los“, flüsterte er mir zu. Hastig folgte ich ihm.

Und da sah ich auch den Mann, den Holmes nun im Auge hatte: einen großen, kräftigen Mann mit buschigem Schnauzbart und durchdringenden Augen, der unter dem Bronze-Relief mit der Bombe gestanden hatte und nun dem Ausgang des Festgeländes zustrebte. Von der Erscheinung her musste er der Anführer der Attentäter sein, die wir eine Nacht zuvor hier beobachtet hatten. Holmes und ich folgten ihm vorsichtig, wie er sich den Weg durch die draußen wartende Menge bahnte und in Richtung des Wäldchens hinter dem Monument verschwand. Immer wieder sah er sich lauernd um, doch Holmes und ich hatten den Weg verlassen und umkreisten den Verbrecher durch das Gebüsch. In dem Moment, als der Mann sich wieder einmal umdrehte, war Holmes mit einem lautlosen Sprung bei ihm und warf ihn mit einem geschickten Jiu-Jitsu-Griff auf die Erde. Augenblicke später kam ich meinem Freund zu Hilfe – keinen Moment zu früh, denn unser Gegner entwickelte erstaunliche Kräfte und war drauf und dran, sich Holmes' Griff zu entwinden. Mit hasserfüllten Augen blitzte er uns an, während wir ihn gemeinsam festhielten. „Sie kommen zu spät, in wenigen Sekunden wird die ‚Germania' in die Luft fliegen, mitsamt der ganzen Festgesellschaft", knurrte er auf Englisch, doch Holmes lächelte nur und sagte: „Wenn nicht inzwischen jemand das Dynamit durch Sand ersetzt hat." Aus den Augen des Mannes schossen Blitze. „Das wird Ihnen noch leidtun", sagte er. „Sie glauben doch nicht im Ernst, dass ich mich durch zwei lächerliche Agenten der Krone wie Sie von meinen Plänen abbringen lasse, selbst wenn sie Sherlock Holmes und Dr. Watson heißen."

Wie recht er damit haben sollte, erfuhren wir schon wenige Augenblicke später. Ich bekam einen fürchterlichen Schlag auf den Kopf, der mich sofort bewusstlos machte. Was in den nächsten Minuten passierte, vermag ich nicht zu sagen. Ich weiß nur, dass ich gefesselt und geknebelt in einem feuchten und klammen Straßengraben langsam wieder zu mir kam, gut verborgen hinter Gebüsch und Gestrüpp. Der ebenfalls gefesselte und noch bewusstlose Holmes lag dicht neben mir. Und was ich dann sah, ließ mir das Blut in den Adern erstarren: Einige Meter entfernt setzten gerade zwei Männer am Straßenrand eine Zündschnur in Brand. „Ein zweites Attentat!", schoss es mir durch den Kopf, während auf der Straße neben mir Hurra-Rufe erschallten und das Getrappel von Pferdehufen und das Rumpeln von Kutschen näher kam. Kein Wunder, dass unser schnauzbärtiger Gegner so gelassen auf unsere Attacke reagiert hatte. „Jetzt ist alles verloren", dachte ich, denn unzweifelhaft würde die Explosion auch uns mit in den Tod reißen. Doch dann bemerkte ich zu meiner grenzenlosen Erleichterung, dass die Attentäter offenbar Schwierigkeiten hatten. Denn kaum brannte die Lunte, ging sie auch schon wieder aus. Mehrfach versuchten es die beiden erneut, dann gaben sie es schließlich auf und zogen sich in den Schutz des umliegenden Gebüschs zurück. Neben uns rollten die Kutschen der Honoratioren vorbei, während der mittlerweile ebenfalls zu sich gekommene Holmes geschickt seine Fesseln löste. Sekunden später hatte er mich auch befreit, und zusammen suchten wir schleunigst das Weite. Noch am selben Abend saßen wir in einem Zug, der uns der Kanalküste entgegentrug.

Um der Geschichte vorzugreifen: Die deutsche und internationale Presse berichtete ausgiebig von der gelungenen Feier zur Denkmalseröffnung. Besondere Erwähnung fand, dass im Moment der feierlichen Denkmalseröffnung der wolkige Himmel aufgerissen und ein Sonnenstrahl auf das Antlitz des greisen Kaisers gefallen war – sozusagen als Zeichen göttlicher Gnade für den Preußenherrscher. Keine einzige Zeile von einem versuchten Attentat! Dass die Geheimpolizei unterdessen Ermittlungen aufgenommen hatte und zunächst monatelang vergeblich nach den Attentätern suchte, erfuhr die Weltöffentlichkeit lange Zeit nicht.

Fast den gesamten Rückweg über hüllte sich mein Freund in Schweigen. Meine Versuche, über das Erlebte und unser knappes Entrinnen vom Tode mit ihm zu sprechen, waren zum Scheitern verurteilt. Auch zu dem Telegramm, das Holmes bei einem Zwischenaufenthalt in Brüssel aufgab, schwieg er eisern. „Lassen Sie mich nachdenken, lieber Watson“, sagte er lediglich. Erst auf dem Kanaldampfer, die britische Küste bereits vor Augen, wurde mein Freund gesprächiger: „Der Fall ist komplizierter, als ich zunächst angenommen habe. Bitte entschuldigen Sie, dass ich Sie durch meine Nachlässigkeit in Lebensgefahr gebracht habe. Die Teile des Puzzles lagen alle vor mir. Nur habe ich es versäumt, sie rechtzeitig richtig zusammenzufügen. Ich kann mir diesen Fehler nicht verzeihen. Aber ich hoffe, wenigstens die Folgen in Grenzen halten zu können.“ – „Welche Folgen?“, fragte ich erstaunt. „Schließlich sind beide Attentate gescheitert, Kaiser und Kronprinz wohlauf, unsere Mission damit – wenn auch letztlich nur durch einen Zufall und Gottes Hilfe – erfolgreich beendet." Holmes aber sagte nur matt: „Der Fall zieht viel weitere Kreise, als ich ursprünglich angenommen habe. Sobald wir in London sind, hoffe ich, Klarheit zu bekommen."

Am folgenden Morgen fanden wir uns in aller Frühe in Whitehall ein. Sir Reginald wirkte nervös und abgespannt, was nach den Ereignissen der letzten Stunden, über die er mittlerweile sicherlich genauestens informiert war, nur zu verständlich erschien. „Wo ist Mr. White?", fragte Holmes knapp. „Er ist nirgendwo aufzufinden", sagte Sir Reginald. „Lassen Sie die Häfen kontrollieren?", fragte Holmes weiter. „Ja, seine Beschreibung ist an alle Dienststellen herausgegangen", bekam er zur Antwort, „aber ich bezweifle, dass das noch etwas nutzt. Er wird bereits außer Landes sein."

Ich war wie vor den Kopf geschlagen. „Was hat denn der brave Mr. White mit der Sache zu tun?", fragte ich. „Er steht in den Diensten eines der mächtigsten Verbrechersyndikate Europas", antwortete Holmes gelassen. „Hinter dem Attentat stecken nicht in erster Linie einige wirre deutsche Anarchisten, sondern die Organisation von Professor Moriarty, einem der gefährlichsten und ruchlosesten Verbrecher unserer Zeit."

„Aber wir haben doch glasklare Beweise dafür, dass diese drei Deutschen für die Bombenanschläge verantwortlich waren", wandte ich ungläubig ein. „Begreifen Sie denn nicht, wie raffiniert der Plan war?", sagte Holmes. „Glauben Sie im Ernst, dass ein Mann wie Professor Moriarty wirklich Vertrauen in diese traurigen Gestalten setzt, die mit unbrauchbarem Pulver und nassen Zündschnüren den Kaiser in die Luft jagen wollen? Nein, der Plan war viel perfider. Wir haben es hier nicht mit einer Gruppe zu tun, sondern mit zweien. Die deutschen Anarchisten mit ihren unbeholfenen Mitteln dienten nur als Ablenkung für eine weitaus besser geplante Aktion. Moriarty hatte über White Kenntnis von ihren Plänen erhalten und sie für seine eigenen Zwecke genutzt. Das wahre Attentat ließ er dann von seinen besten Leuten vorbereiten – einen davon haben Sie selbst kennen gelernt." – „Der Mann, den wir überwältigt haben", sagte ich erstaunt. „Genau der. Ist Ihnen nicht aufgefallen, dass er uns in perfektem Englisch ansprach? Welcher deutsche Attentäter, ein wirrer Anarchist zumal, ist der englischen Sprache mächtig wie ein Muttersprachler?"

Ich war verblüfft. Diese Idee war mir im Trubel der Ereignisse tatsächlich nicht gekommen. Holmes aber dozierte weiter: „Zwei Attentate also. Eines professionell geplant und sorgfältig ausgeführt, wenn auch von uns rechtzeitig vereitelt. Das andere dilettantisch ausgeführt und daher letztlich gescheitert. Aber darauf kam es Moriarty auch gar nicht an. Ihm war allein daran gelegen, von den eigenen Plänen abzulenken – und wir sind auch lange Zeit darauf hereingefallen. Ja mehr noch, es sollte auch der nachträglichen Vertuschung dienen. Denn wenn das Attentat von Moriartys Leuten geglückt wäre, hätte man früher oder später auch die Bombe der armen Anarchisten entdeckt. Die hätten kaum glaubhaft machen können, dass das andere, gelungene Attentat nicht ihr Werk gewesen ist. Sie wären die perfekten, ahnungslosen Sündenböcke gewesen, während die wahren Täter unerkannt davongekommen wären."

„Und wann ist Ihnen diese Erkenntnis gekommen?", fragte ich. „Leider erst, als es zu spät war", sagte Holmes. „Erinnern Sie sich, wie der Mann, den wir überwältigt haben, uns ansprach? Er kannte unsere Namen! Von wem sollte er die wissen, wenn nicht von einem unserer Auftraggeber. Einer der beiden sitzt uns gegenüber", sagte er mit einem Blick auf Sir Reginald, der leicht pikiert die linke Augenbraue hochzog. „Aber es gibt schlagende Beweise dafür, dass nur Mr. White mit den Verbrechern in Kontakt stehen konnte."

„Und welche sind das?", fragte ich atemlos. „Erinnern Sie sich daran, mit welchem Auftrag ich ihn nach London schickte? Er sollte herausfinden, wer hinter den Börsen-Transaktionen stand. Ich habe ihn damit auf die Probe gestellt, und er hat prompt so geantwortet, wie ich es vorausgesehen habe. Als Antwort sandte er uns den Hinweis auf die Anarchisten. Ist das nicht merkwürdig? Attentäter, die an der Börse spekulieren? Nein, auch dies spricht eher für eine international operierende Bande. White hat uns zwar mit Sicherheit die richtigen Namen der Anarchisten genannt, aber mit dieser bewusst lancierten halben Wahrheit hat er sich zugleich selbst enttarnt. Schade, dass ich diese Tatsache erst zu spät richtig eingeordnet habe."

Ich war wie vor den Kopf gestoßen. „Aber warum hat White dabei mitgemacht?", fragte ich fassungslos. „Geld", antwortete Sir Reginald lakonisch. Wir wissen mittlerweile, dass White mit mehreren zehntausend Pfund bestochen worden ist. Eine hübsche Summe für einen mager bezahlten Privatsekretär – aber gut angelegtes Geld für Moriarty, der damit Informationen aus den höchsten Kreisen erhielt und zugleich die Chance sah, über White Einfluss auf die Queen auszuüben. Kein schlechter Schachzug, den der Professor da gemacht hat." – „Und einer, der sich beinahe mehrfach bezahlt gemacht hätte", sagte Holmes. „Denn die Börsen-Transaktionen waren natürlich ebenfalls von Moriarty eingefädelt. Große Teile seines Vermögens sind in Aktien angelegt, in Großbritannien und auf dem Kontinent. Bei einem geglückten Attentat wären die Kurse sicherlich rapide gesunken. Also hat er rechtzeitig verkauft und in Gold investiert, um dann in der Baisse die Aktien günstig zurückzukaufen. Dieses Geschäft haben wir ihm nun gründlich verdorben", sagte er händereibend.

„Und was ist mit dem armen Bartels?", fragte ich. „Ich bin sicher, dass er tot ist und dass man seine Leiche niemals finden wird. Auch das waren Moriartys Männer“, sagte Holmes. „Denken Sie an den abgerissenen Knopf, den wir in seiner Wohnung gefunden haben. Von einem feinen Londoner Schneider. Es gibt nur einen Mann in Moriartys Organisation, der gut genug bezahlt wird, um sich einen solchen Luxus leisten zu können: Colonel Sebastian Moran, ein skrupelloser ehemaliger Offizier der Kolonialtruppen und heute die rechte Hand Moriartys. Der Mann, den wir für einige Augenblicke in unserer Gewalt hatten, und dessen Helfershelfer, die in der Nähe gewartet haben müssen und uns dann überwältigten. Er ließ uns gefesselt in die Nähe der zweiten Sprengladung bringen, um uns so elegant aus dem Weg zu schaffen. Und wenn dieser Anschlag funktioniert hätte, wäre sein Plan auch aufgegangen.“

„Aber man kann ihn doch sicher fassen und vor Gericht stellen“, sagte ich voller Empörung. „Mit welcher Begründung?“, fragte Holmes. „Wie gesagt, den eigenen Attentatsversuch kann er mit Sicherheit leicht den Anarchisten anhängen. Und im Übrigen müssten wir dazu erst einmal als Kläger auftreten, was dann unsere eigene Rolle ins Licht der Öffentlichkeit bringen würde – und damit letztlich die Aktionen der britischen Krone auf deutschem Boden. Nein, das hat sich Moriarty schon alles gut überlegt. Breiten wir daher vorerst besser den Mantel des Schweigens über diese Aktion und begnügen uns damit, die nächsten Schritte von ihm und seinen Kumpanen genau zu verfolgen. Irgendwann werden auch sie einen Fehler machen. Immerhin bleibt uns vorerst die Genugtuung, Moriarty erheblichen finanziellen Schaden zugefügt zu haben.“

Ich aber war noch nicht zufrieden: „Was ist mit White? Wenn wir ihn erwischen würden, dann hätten wir doch einen Kronzeugen, der gegen Moriarty aussagen könnte.“ – „Diese Idee ist mir auch schon gekommen“, sagte Holmes. „Ich habe mir deshalb erlaubt, mit Sir Reginalds Hilfe die Passagierlisten aller abgehenden Schiffe der letzten zwei Tage anzufordern."

Holmes schaffte es tatsächlich, White ausfindig zu machen. Unter dem wenig phantasievollen Namen Oscar Black hatte er sich – offenbar von Moran über das gescheiterte Attentat informiert – noch in der Nacht des 28. September an Bord des Schoners „Mary Rose" begeben, der von Southampton aus in Richtung New York in See gestochen war. Holmes ließ sofort an die dortigen Behörden kabeln, um White bei der Ankunft in Arrest zu nehmen. Doch dazu sollte es nicht kommen, denn die ersten Oktobertage waren extrem stürmisch. Die „Mary Rose" kam jedenfalls nie in New York an und wurde einige Monate später als Totalverlust aus Lloyd's Register gestrichen. Fast schien es so, als ob der schattenhafte Mr. White selbst im Tode noch absolute Diskretion wahren wollte.

Als wenige Jahre später kurz hintereinander der greise Kaiser Wilhelm I. und sein bereits krebskranker Sohn, der „99-Tage-Kaiser" Friedrich III., starben und der ungestüme Wilhelm II. auf den Thron gelangte, meinte Holmes mit beinahe buddhistischer Gelassenheit, dass nun auf natürlichem Wege der Fall eingetreten sei, den Moriarty auf verbrecherische Weise herbeizuführen gesucht hatte. Doch so sehr sich Holmes nach außen auch gelassen gab, so hatte unser beinahe tödliches Abenteuer bei ihm doch Spuren hinterlassen. Noch viele Jahre später pflegte er mir scherzhaft zu sagen: „Wann immer ich wieder einmal zu sehr auf meine Fähigkeiten vertraue, mein lieber Watson, wäre ich Ihnen sehr verbunden, wenn Sie mir das Wort ‚Germania' ins Ohr flüstern."

Sherlock Holmes und der ermordete Großfürst

Das Jahr 18xx war eines mit vielen außergewöhnlichen Kriminalfällen. Ich erinnere mich an den geistesgestörten sechsfachen Mörder Boswell, der nur dank Holmes' außergewöhnlicher Gaben überführt wurde. Nicht weniger spektakulär war der Fall des charismatischen Aktienbetrügers Dr. Cyriakus Fry, der mit dem Plan eines Tunnels unter dem Ärmelkanal zehntausende Pfund erschlichen hatte und dem Holmes mit einer List schließlich das Handwerk legen konnte. Der aber wohl aufsehenerregendste Fall war der des in Wiesbaden ermordeten russischen Großfürsten, der über Tage die internationale Presse beschäftigte und hektische diplomatische Aktivitäten mehrerer europäischer Großmächte auslöste.

Es war ein verregneter Samstagmorgen in der Baker Street. Holmes brütete nach dem Frühstück in seinem Sessel über einem chemischen Problem, ich widmete mich bei einer Tasse Tee dem Studium der „Times“, in der mich eine Meldung ganz besonders fesselte. Sie lautete: „Seine Kaiserliche Hoheit, der russische Großfürst Alexander Sergejewitsch, ist in der Nacht zum Freitag in Wiesbaden ermordet worden. Sein Adjutant fand ihn am Morgen erschossen in seinem Bett. Der Mörder muss durch das Fenster eingedrungen sein und den Aristokraten im Schlaf überrascht haben, da keine Anzeichen eines Kampfes festgestellt wurden. Der Großfürst, ein Cousin des Zaren, wollte in den nächsten Tagen Gespräche mit Kaiser Wilhelm führen, der zurzeit in Wiesbaden weilt. Da aus dem Zimmer keine Gegenstände entwendet wurden, schließt die Polizei einen Raubmord aus.

Man vermutet vielmehr, dass hinter dem Anschlag die ‚Eiserne Hand' steckt, eine Geheimorganisation, die schon mehrere Attentate auf Mitglieder des Zarenhauses unternommen hat. Die Behörden teilten mit, alles zu unternehmen, um den Fall möglichst rasch aufzuklären." Von der Beschreibung des Mordes aufgewühlt, griff ich zu einem Buch über russische Geschichte, zündete mir dann eine Pfeife an und hing meinen Gedanken über diesen Mordfall nach. In die Stille hinein drang auf einmal Holmes' ironische, leicht metallisch klingende Stimme: „Eine merkwürdige Sache, diese Ermordung des Großfürsten, nicht wahr?" Voller Verwunderung starrte ich Holmes an. Seine Fähigkeiten, aus kleinsten Indizien wichtige Rückschlüsse zu ziehen, waren mir mittlerweile hinreichend bekannt, aber Gedanken lesen konnte auch mein Freund nicht. „Holmes, woher wussten Sie ...", begann ich, und mein Gefährte sagte mit kaum merklichem Schmunzeln: „Mein lieber Watson, wir kennen uns jetzt schon geraume Zeit, und in Ihrer Mimik und Gestik lese ich wie in einem offenen Buch. Ich habe die Zeitung bereits vor dem Frühstück ausgiebig studiert. Der Artikel ist so prominent platziert, dass jeder Leser unweigerlich daran hängen bleibt. Sie haben die Zeitung eher oberflächlich durchgeblättert, aber mit dieser Seite haben Sie sich als einziger länger beschäftigt. Dann sind Sie zum Bücherregal gegangen, haben die ledergebundene ‚Collin's Short History of Modern Russia' entnommen, wie ich vermute, in der Hoffnung, ein wenig über die Hintergründe dieses Verbrechens zu erfahren, und sind dann in Ihrem Sessel in dumpfes Brüten verfallen. Die Art und Weise, wie Sie Ihren Pfeifenrauch in langen genüsslichen Zügen ausstoßen, die Augen an die Decke gerichtet, zeugt stets von Ihrer großen gedanklichen Anspannung. Ich hoffe, Sie nehmen mir diese kleine Kostprobe meines Könnens nicht übel und haben wenigstens eine Spur, die die Polizei bisher zu finden nicht in der Lage war", meinte er in leicht spöttischer Weise, die seine Herablassung gegenüber den beamteten Inspektoren durchschimmern ließ. „Ich bin beeindruckt von Ihren Fähigkeiten, Holmes, aber ich gestehe, dass ich in dieser Sache keinen Fußbreit weitergekommen bin“, erwiderte ich. „Die Wiesbadener Polizei auch nicht“, sagte Holmes, „und deswegen hat man mich telegraphisch um Unterstützung gebeten. Der Fall ist von einer solchen Brisanz, dass sich in Windeseile die britische Regierung eingeschaltet hat und größten Wert auf meine bescheidenen Dienste legt, denn sie befürchtet wieder einmal, dass nicht weniger als die Stabilität des europäischen Mächtegleichgewichts auf dem Spiel steht. Wenn Sie also die Zeit erübrigen können, Watson, würde ich mich glücklich schätzen, Sie dabei an meiner Seite zu haben. Ich denke, die gesunde Taunus-Luft wird eine angenehme Abwechslung zum Londoner Nebel sein“, fügte er schmunzelnd hinzu.

Inspektor Friedrich Cornelius, der uns am anderen Tag am Bahnsteig in Wiesbaden beim Aussteigen aus unserem Erste-Klasse-Abteil erwartete, war ein Mann von etwa 35 Jahren. Er war groß und kräftig, ein wenig zur Beleibtheit neigend, aber seine wasserhellen, blauen Augen verrieten hohe Intelligenz und rasche Auffassungsgabe. „Ich bin glücklich, dass Sie beide gekommen sind“, sagte er zur Begrüßung in fließendem Englisch, wenn auch mit starkem deutschen Akzent. „Mein Londoner Kollege Lestrade vom Yard hat mir so viel von Ihren Talenten verraten, dass ich froh bin, einen Meister der Kriminalistik wie Sherlock Holmes zur Unterstützung hier zu haben.“ Holmes nickte generös, aber auch ein wenig herablassend, während wir in die bereitgestellte Kutsche stiegen, denn er wusste aus eigener Erfahrung mit Lestrade und seinesgleichen, was von solchem Lob zu halten war. „Um ehrlich zu sein, wir kommen hier nicht recht weiter“, fuhr Cornelius in raschem Ton fort, sobald wir Platz genommen hatten. „Der Zarenhof drängt auf eine schnelle

Aufklärung, eine Abordnung russischer Geheimpolizisten ist auf dem Weg hierher, Berlin übt verständlicherweise ebenfalls Druck aus, und auch der französische Konsul hat ein reges Interesse an der Aufklärung des Falles erkennen lassen." – „Warum der französische Konsul?", entfuhr es mir überrascht. „Weil er der Letzte war, mit dem der Großfürst vor seinem Tod eine Unterredung hatte", sagte Cornelius mit sichtlicher Nervosität. Er dämpfte seine Stimme, als er fortfuhr: „Man munkelt, er habe Geheimgespräche zwischen Paris und Petersburg anbahnen wollen, die keinesfalls im Interesse des Reiches liegen können. Der Fall zieht, wie Sie sehen, immer weitere Kreise und ist daher äußerst delikat."

„Und neben dem Mordfall haben wir es auch noch mit einem spektakulären Kunstraub zu tun", fügte Holmes scheinbar beiläufig hinzu. Keine andere Bemerkung hätte eine durchschlagendere Wirkung auf unseren neuen Bekannten haben können. „Mr. Holmes, ich habe von Ihren Fähigkeiten ja schon einiges vernommen, aber woher können Sie das wissen? Wir haben versucht, wenigstens den Raub vor der Öffentlichkeit geheim zu halten. Ein Mordfall dieser Dimension ist ja schon schlimm genug, aber ich gebe gern zu, dass der Diebstahl mit ein Grund dafür ist, warum wir auf Ihre Hilfe zählen. Aus dem Zimmer des ermordeten Großfürsten ist eine wertvolle Ikone gestohlen worden, die ‚Kiewer Madonna', ein Kleinod mittelalterlicher Malerei. Sie war als Geschenk des Zaren für den Kaiser bestimmt – als Zeichen der Freundschaft der beiden Monarchen. Unvorstellbar, dass ein solch kaiserliches Geschenk in die Hände von Verbrechern oder gar von Anarchisten fallen sollte, denen nichts heilig ist." – „Und das die Polizei um jeden Preis wiedererlangen will", ergänzte Holmes. „Aber wenn ein in Sammlerkreisen bisher nicht in Erscheinung getretener, angeblicher Kunstliebhaber plötzlich Höchstpreise für seltene russische Ikonen bietet und dies in allen größeren Blättern inseriert, deutet dies für mich auf eine Falle der Polizei hin“, führte Holmes, der die Zugfahrt zu einer ausgiebigen Lektüre deutscher Zeitungen genutzt hatte, weiter aus. „Wie ich schon sagte, wir stehen unter großem Druck“, sagte Cornelius leicht entschuldigend, aber auch etwas indigniert ob der Kombinationsgabe Holmes'. „Da muss uns jedes Mittel recht sein.“

„Und welche Schlussfolgerungen haben Sie bisher gezogen?“, fragte Holmes weiter. „Wir vermuten, dass eine anarchistische Geheimorganisation namens ‚Eiserne Hand‘ hinter dem Anschlag steckt. Der Großfürst wäre nicht der erste russische Adlige, der einem politischen Mord zum Opfer fällt. Hinweise auf die Anwesenheit mehrerer verdächtiger Personen hat es schon seit Tagen gegeben. Vor allem auf einen Mann namens Michailoff, einen Ukrainer obskurer Herkunft, ist unser Verdacht gefallen. Er ist seit dem Mord spurlos verschwunden.“ – „Und wie ist der Mord Ihrer Ansicht nach abgelaufen?“, fragte Holmes nicht ohne eine leichte Skepsis in seiner Stimme, die aber Cornelius nicht aufzufallen schien. „Wir vermuten, dass Michailoff nachts durch ein Fenster in das Zimmer Seiner Kaiserlichen Hoheit eingedrungen ist. Der Großfürst muss dabei aufgewacht sein und sich im Bett aufgerichtet haben, denn die Kugel, die ihn aus nächster Nähe traf und ihm die Brust durchbohrte, ist in die Wand hinter seinem Bett eingeschlagen. Der Knall muss durch ein Kissen, das offenbar von dem Bett des Großfürsten genommen wurde, stark gedämpft worden sein, so dass weder der Adjutant im Nachbarzimmer noch die beiden russischen Polizisten, die auf dem Hotelflur Wache standen, irgendein verdächtiges Geräusch vernommen haben. Wir vermuten, dass der Mörder einen gezielten Hinweis auf das kostbare Geschenk erhalten hatte, nach vollbrachter Tat die Ikone an sich genommen hat – wohl mit dem Hintergedanken, sie bei passender Gelegenheit zu verkaufen und so seiner

Organisation beachtliche Geldmittel zu verschaffen – und auf demselben Weg entkommen ist, auf dem er eingedrungen war", erklärte Cornelius. „Zumindest weist der Fensterrahmen Spuren auf, die auf ein gewaltsames Öffnen hindeuten." – „Und wer hat den Toten entdeckt?", fragte Holmes. „Der Adjutant, ein bewährter und hochdekorierter Offizier namens Filipoff. Er klopfte, wie üblich, gegen 7 Uhr morgens an der Zwischentür zum Zimmer des Großfürsten und sah, als er auch nach mehrmaliger Wiederholung keine Antwort erhielt, selbst nach dem Rechten. Aber alles Weitere können Sie ihn gern selbst fragen, denn wir haben den Ort des Geschehens erreicht."

Holmes schaute mit kritischem Blick an der Fassade des Hotels „Vier Jahreszeiten" empor. „Beeindruckend, aber mit seinen Pilastern und Gesimsen für einen trainierten Einbrecher auch gut zu erklettern", murmelte er. „Der Großfürst bewohnte mit seinem Gefolge eine Suite im ersten Stock", sagte der Inspektor und deutete auf die Fensterflügel, hinter denen sich vor kurzem das grausige Ereignis abgespielt hatte. Wenige Minuten später standen wir dann selbst in dem elegant ausstaffierten Zimmer, das auf Anweisung der Polizei unverändert gelassen worden war und vor dem rund um die Uhr die beiden russischen Geheimpolizisten aus der Entourage des Großfürsten, deren Loyalität laut Cornelius außer Frage stand und die in der fraglichen Nacht nichts Verdächtiges bemerkt haben wollten, sowie zwei biedere deutsche Polizisten Wache schoben. Mir fiel als Erstes das breite Bett ins Auge, auf dessen zerwühlter blütenweißer Wäsche sich deutlich der große Blutfleck abzeichnete, der von dem kaltblütigen Mord Zeugnis ablegte. Ein leichter Schauer überlief meinen Rücken. Holmes jedoch schien äußerlich in keiner Weise angerührt. Kühl ließ er sich die Stelle zeigen, an der die Ikone versteckt gewesen war – in einem unscheinbaren kleinen schwarzen Lederkoffer unter dem Bett des Großfürsten.

Dann inspizierte er den gesamten Raum auf das Genaueste. Er zog ein Vergrößerungsglas aus der Tasche, besah sich minutiös die Einschussstelle an der Wand, in der noch die Kugel steckte, prüfte dann das Fenster mit dem offenbar gewaltsam geöffneten Flügel, lehnte sich nach draußen, um einen Blick auf die Fassade zu werfen, rutschte zuletzt auf den Knien auf dem Fußboden herum. Befriedigt packte er schließlich seine Lupe wieder ein. „Sehr aufschlussreich, wirklich sehr aufschlussreich“, murmelte er, um dann mit lauter Stimme zu Cornelius zu sagen: „Und nun möchte ich mit dem Adjutanten sprechen.“

Oberst Filipoff erwartete uns im Nachbarzimmer. Er war ein hagerer, aber durchtrainierter Mann von etwa 40 Jahren in goldbetresster Uniform, dessen dunkles Haar und kurz gehaltener Schnurrbart von ersten grauen Strähnen durchzogen waren. Mir fiel ein unruhiges Flackern in seinen dunklen Augen auf, als Cornelius uns miteinander bekannt machte, das sich aber aus der großen nervlichen Anspannung der letzten Tage leicht erklären ließ. Holmes ersuchte Filipoff, noch einmal genau zu schildern, wie er den toten Großfürsten aufgefunden hatte, und bat ihn dann um seine eigenen Schlussfolgerungen. „Wenn ich offen zu Ihnen sein darf – ich glaube nicht an einen politischen Mord“, sagte der Adjutant mit einem scheelen Seitenblick in Richtung des Nachbarraums, in den sich Cornelius während unserer Unterredung zurückgezogen hatte. „Der Großfürst war – wie darf ich es sagen – ein sehr lebenslustiger Mann, ein großer Verehrer der Frauen. Aber es waren gerade nicht die Damen seines Standes, zu denen er sich hingezogen fühlte, sondern insbesondere Schauspielerinnen und meist solche mit etwas fragwürdigem Hintergrund. Ich hoffe, Sie verstehen, was ich meine. Hier in Wiesbaden hatte es ihm eine blonde Schönheit ganz besonders angetan. Fast jeden Abend verbrachte Seine Kaiserliche Hoheit in der Loge, um Melly Benuti zu sehen – und sie anschließend zu einem Diner à deux einzuladen. Dass dies nicht auf ungeteilte Zustimmung des Impresarios der Benuti, eines für seine Eifersucht wie für seine Gewalttätigkeit bekannten Italieners namens Caricati, stieß, können Sie sich sicherlich vorstellen. Ich glaube, ich brauche nicht noch deutlicher zu werden", schloss Filipoff. „Und wie hat die Polizei Ihre Theorie aufgenommen?", fragte Holmes. „Es ist doch nur zu offensichtlich, dass der deutschen Seite ein politischer Mord durch einen russischen Anarchisten am besten ins Konzept passt", schnaubte der Oberst mit gesenkter Stimme. „Wenn ein russischer Großfürst auf deutschem Boden von einem Italiener übelsten Leumunds ermordet wird – welches Licht würde dies auf Recht und Ordnung in einem Land werfen, das für seine preußischen Tugenden bekannt ist?", fragte er mit schiefem Lächeln. „Nein, nein, der Mörder war kein Russe."

„Nun, was meinen Sie zu diesem Fall?", fragte mich Holmes, als wir das Hotel wieder verlassen hatten und auf einer Bank in der Parkanlage am Kochbrunnen die warmen Sonnenstrahlen genossen. „Der Oberst hat Recht, denke ich", erwiderte ich. „Wir sollten uns diesen Italiener einmal näher ansehen." Holmes lächelte nachsichtig. „Mein lieber Watson, in diesem Fall stecken noch zu viele Ungereimtheiten, in die ich hoffentlich an diesem strahlenden Nachmittag ein wenig Licht bringen kann. Sehen Sie es mir bitte nach, wenn ich mich für ein paar Stunden von Ihnen trenne und auf eigene Faust einige Erkundigungen vornehme."

Etwas enttäuscht willigte ich ein und verbrachte den Nachmittag damit, mir die Stadt ein wenig näher anzusehen. Ich durchstreifte müßigen Schrittes die Gassen der Altstadt, nahm in einem kleinen Gasthaus ein eher durchschnittliches Mittagessen zu mir, spazierte anschließend ein wenig durch den Kurpark, schlenderte durch das Kurhaus und malte mir genüsslich aus, wie hier bis zur erzwungenen Schließung durch die Preußen vor wenigen Jahren das Roulette der Mittelpunkt des gesellschaftlichen Lebens gewesen war …

Die rotierenden Elfenbeinkugeln in den Kesseln hatten binnen Sekunden über Glück oder Unglück, Gewinn oder Verlust entschieden. Männer in modischen Anzügen, Frauen in eleganter Toilette hatten die grün bezogenen Tische umstanden, ihre Arme auf die Spielfläche gereckt, um die großen und kleineren Jetons auf den Zahlenfeldern zu platzieren. Ich malte mir aus, wie die größeren Gewinne mit lautem Ah und Oh quittiert worden waren und ob wohl sonst eine eigentümliche Atmosphäre angespannter Stille oder vielmehr fiebriger Erwartung geherrscht haben mochte. Ich will gern gestehen, dass auch mich von Zeit zu Zeit das Wettfieber gepackt hatte, und auch die eine oder andere Runde Whist wusste ich seit meiner Militärzeit zu schätzen – aber vor dem verderblichen Sog des Glücksspiels hatte mich ein gnädiges Schicksal stets bewahrt. Gedankenverloren wandelte ich durch die angrenzenden Säle und erhaschte mal hier, mal da einen Gesprächsfetzen. „Man munkelt von einem geheimen Roulette-Club", hörte ich eine elegante Frau sagen. „Ein unbekannter Russe soll innerhalb kürzester Zeit ein Vermögen verspielt haben und seit Tagen verschwunden sein. Weiß man denn jetzt endlich, wer es ist?" Gespannt lauschte ich, was ihr Begleiter erwiderte: „Nein, aber man erzählt sich, dass er dem Zarenhaus sehr nahesteht. Wer weiß, vielleicht war es ja sogar der ermordete Großfürst selbst?"

Wie elektrisiert trat ich den Weg in Richtung des Hotels „Schwarzer Bock" an, in das unser Reisegepäck mittlerweile expediert worden war und in dem zwei komfortable Zimmer für uns reserviert waren. Holmes erwartete mich bereits zum Abendessen. Ich konnte mich kaum halten, meinem Freund die große Neuigkeit zu erzählen. Zu meiner großen Enttäuschung nahm er diese Spur aber keinesfalls überschwänglich zur Kenntnis, sondern entgegnete ruhig: „Auch ich hatte einen sehr aufschlussreichen Nachmittag. Ich habe mich ein wenig in russischen Kreisen umgehört. Manche halten Michailoffs überstürztes Verschwinden für ein klares Eingeständnis seiner Schuld, andere sagen, er sei zwar nicht der Mörder, wollte sich aber einer drohenden Verhaftung entziehen. Es gibt Anhaltspunkte dafür, dass er auf dem Weg nach Russland ist, um dort unterzutauchen. Ich habe Cornelius bereits entsprechend informiert. Wie auch immer, solange Michailoff nicht festgenommen wird, kommen wir hier nicht weiter. Dafür aber habe ich dem französischen Konsul einen kleinen Besuch abgestattet. Ein charmanter und sehr kultivierter Mann, aber glatt wie ein Aal. Monsieur Marchand wollte es nicht zugeben, aber ich habe genügend Anhaltspunkte dafür, dass er den Großfürsten und Filipoff bereits seit vielen Jahren sehr gut gekannt hat. Und dass er in letzter Zeit versucht hat, Druck auf den Großfürsten auszuüben, um ihn – sagen wir es einmal vorsichtig – den Interessen Frankreichs gewogener zu machen und in die Freundschaft zu Deutschland einen Keil zu treiben. Aber lassen Sie uns zu erfreulicheren Dingen übergehen. Was halten Sie von einem kleinen Theaterbesuch? Mich würde interessieren, ob Sie für die Reize der Benuti ebenso empfänglich sind wie unser unglücklicher Großfürst."

Melly Benuti war tatsächlich eine attraktive Frau mit blauen Augen und blonden Locken von vielleicht 20 Jahren, allerdings mit einem Hauch von Gewöhnlichkeit, der ihr in meinen Augen vieles von ihrem Reiz nahm. Nach der Vorstellung, in der die Benuti eine umjubelte Julia gab, drängten Holmes und ich uns in Richtung ihrer Garderobe, um sie persönlich kennen zu lernen und sie über den Großfürsten zu befragen. Doch ein heftiger Streit hinter ihrer Garderobentür ließ es uns geraten erscheinen, zunächst einmal wartend auf dem Flur zu verharren. „Gib mir auf der Stelle die Perlenkette", ertönte durch die Tür eine erregte Stimme mit italienischem Akzent, die ohne Zweifel dem Impresario Caricati gehörte. „Ich denke nicht daran. Sie ist ein Geschenk des Großfürsten. Und einem Mörder wie dir werde ich sie gewiss nicht geben", schrie die Benuti zurück. „Zum letzten Mal: Ich habe ihn nicht umgebracht, diesen aufgeblasenen Aristokraten", brüllte Caricati voller Wut. „Aber eifersüchtig bist du trotzdem, und wie", zeterte die Benuti. „Wohl mit Recht", schrie Caricati zurück, „und deswegen halte ich mich an seinen Liebesgaben schadlos." Es folgten Gepolter und Gekreische, ein Stuhl schien umzustürzen, und während wir uns ein paar Meter vom Ort des Geschehens zurückzogen, riss Caricati, die Kette in der Hand, die Tür auf und rannte, von den Verwünschungen der Benuti verfolgt, wie der Blitz in Richtung Ausgang. „Hinterher", rief Holmes und sprintete los, und ich folgte ihm, soweit dies meine Konstitution zuließ. Doch schon nach wenigen Metern machte mir meine alte Kriegsverletzung wieder zu schaffen, so dass ich die Verfolgung bald aufgeben musste. Enttäuscht, müde und immer noch außer Atem humpelte ich in unser Hotel zurück, wo ich eine unruhige Nacht verbrachte.

Als ich Holmes zum Frühstück traf, war er allerbester Laune. „Der Nebel beginnt sich zu lichten", sagte er. Ehe ich Holmes aber zu seinen Erlebnissen der Nacht befragen konnte, stürzte ein enthusiastischer Cornelius zu uns in den Speisesaal. „Sie haben ihn", rief er uns anstelle einer Begrüßung zu. „Sie haben Michailoff verhaftet. In Galizien. Auf dem Weg nach Russland. Er leugnet zwar alles, aber das ist nur noch eine Frage der Zeit." Holmes lächelte. „Ich gratuliere Ihnen und Ihren österreichischen Kollegen zu ihrem Fang", sagte er. „Oberst Filipoff wird bestimmt äußerst erfreut sein über diese Nachricht."

In der Tat, der arme Filipoff war sichtlich erleichtert, als wir ihn in seinem Hotelzimmer aufsuchten und Cornelius ihm von der Festnahme berichtete. Filipoffs Erleichterung wog deswegen umso schwerer, da inzwischen die Untersuchungskommission aus Sankt Petersburg eingetroffen war – drei wortkarge und düster wirkende Herren in grauen Anzügen und schweren Schuhen, die sofort den Tatort ausgiebig inspiziert und Oberst Filipoff sowie die beiden russischen Geheimpolizisten einer gründlichen Befragung unterzogen hatten. „Jetzt fehlt uns nur noch die Ikone", sagte ihr Wortführer, als Cornelius geendet hatte. „Ich glaube, da kann ich Ihnen behilflich sein", sagte Holmes knapp und griff in die kleine schwarze Aktentasche, die er mit sich geführt hatte. Was er in der Hand hielt, verbreitete einen überirdischen Glanz im ganzen Zimmer. Voller Bewunderung starrten wir auf die goldglänzende und mit Juwelen besetzte Ikone, die vor Jahrhunderten von Meisterhand erschaffen worden war. „Herr Holmes, wie haben Sie das nur zuwege gebracht?", entfuhr es dem verblüfften Cornelius. „Seit Tagen ist unsere gesamte Polizei mit nichts anderem beschäftigt, und Sie bringen uns in nicht einmal 24 Stunden das Diebesgut zurück."

„Die Ikone hat Wiesbaden nie verlassen – und der Mörder auch nicht", sagte Holmes zu unser aller Erstaunen und sah den völlig verdutzten Filipoff durchdringend an. „Herr Oberst, Sie werden uns einiges zu erklären haben." Wir alle blickten Holmes mindestens ebenso fragend an wie der Oberst selbst, der aber rasch seine Fassung wiederfand. „Das ist eine ungeheuerliche Unterstellung", schnaubte er, und auf seinem bleichen Gesicht zeichneten sich rote Flecken ab. „Was Sie da sagen, ist in höchstem Maße ehrverletzend ..." „Aber es entspricht den Tatsachen", schnitt ihm Holmes kühl das Wort ab. „Lassen Sie mich den Hergang des Verbrechens kurz skizzieren: Sie sind in der Nacht durch die Zwischentür in das Schlafzimmer des Großfürsten eingedrungen mit der festen Absicht, die Ikone zu stehlen. Sie wussten neben dem Großfürsten als Einziger, wo sich das kostbare Stück befand, denn ein normaler Einbrecher hätte erst das

Zimmer durchwühlen müssen. Ihr Pech war, dass der Großfürst trotzdem erwachte, die Petroleumlampe neben seinem Bett entzündete und Sie auf frischer Tat ertappte. Das entnehme ich dem benutzten Schwefelholz, das ich neben der Lampe auf dem Nachttisch gefunden habe. Als der Großfürst Sie zur Rede stellte, haben Sie Ihre Pistole gezogen und Seine Kaiserliche Hoheit kaltblütig erschossen. Durch die dicken Polstertüren und durch das Kissen, das Sie rechtzeitig vor die Mündung gehalten haben, war der Schuss nicht bis auf den Flur zu hören, wo die Polizisten Wache hielten. Nachdem Sie sicher waren, dass niemand etwas bemerkt hat, nahmen Sie die Ikone an sich und brachten sie noch in der Nacht fort, ehe Sie am Morgen die Polizei alarmierten."

„Lüge, alles Lüge", brüllte der Oberst. „Wir haben doch alle gesehen, dass das Fenster aufgebrochen worden ist. Der Mörder ist dort eingedrungen und dort auch wieder entkommen." Holmes lächelte. „Mein lieber Herr Oberst, auch wenn Sie alles nach einem Einbruch aussehen lassen wollten: Wer sich den Fensterrahmen genauer ansieht, wird feststellen, dass das Fenster von innen und nicht von außen aufgehebelt wurde. Außerdem habe ich auf dem Gesims keinerlei Fußspuren erkennen können. Ein Eindringen des Täters über den Hotelflur scheidet ebenfalls aus, da dort die Polizisten standen, deren Zuverlässigkeit ich genauestens überprüft habe. Der Täter muss demnach von innen gekommen sein. Es kommen also allein Sie in Frage. Nach dem Mord haben Sie heimlich über einen Seiteneingang das Hotel verlassen, um die Ikone zu einem Hehler namens Steinhausen zu bringen, und sind rechtzeitig vor dem Morgen wieder an Ort und Stelle gewesen, um Alarm zu schlagen."

„Genug mit den Lügenmärchen", brüllte Filipoff voller Wut. „Ich verlange auf der Stelle Satisfaktion." – „Ein Duell würde Ihnen schlecht bekommen", erwiderte Holmes kühl. „Ich bin sicher, dass Ihre Armeepistole leicht als die Tatwaffe identifiziert werden kann. Das Projektil, das den Großfürsten getötet hat, hat exakt dieses Kaliber. Die ‚Eiserne Hand' bevorzugt für ihre Attentate, wie ich aus dem Studium ähnlicher Fälle weiß, den Revolver. Und was Ihren nächtlichen Ausflug angeht, so wird sich Herr Steinhausen bei einer polizeilichen Befragung sicherlich lebhaft daran erinnern, wer ihm die kostbare Ikone angeboten hat."

Selten habe ich bei einem Mann eine solche Veränderung erlebt wie bei Oberst Filipoff. Von einer Sekunde zur anderen schienen bei ihm alle Wut und gekränkte Eitelkeit wie fortgeblasen zu sein, um einer großen Resignation zu weichen. Er brach förmlich in sich zusammen und murmelte: „Das verdammte Roulette. Ich wusste, es würde mich eines Tages ruinieren." – „Dann waren Sie also der unbekannte Russe aus dem geheimen Roulette-Club", sagte ich verblüfft. „Und ich hatte die ganze Zeit gedacht, es sei der Großfürst selbst." – „Der Großfürst hatte andere Laster", knurrte Filipoff. „Seine große Schwäche waren die Frauen – zuletzt die Benuti." – „Also hat doch der Italiener etwas mit dem Fall zu tun", entfuhr es mir. „Nein, Caricati hat sicherlich keine weiße Weste, aber in diesem Fall ist er unschuldig", sagte Holmes. „Aber ihm gebührt immerhin das Verdienst, uns ohne es zu wollen den Schlüssel zu der Frage geliefert zu haben, wo sich die kostbare Ikone befindet." – „Indem er Sie zu Steinhausen führte?", fragte Cornelius, der allmählich alle Zusammenhänge zu begreifen schien. „Exakt", sagte Holmes. „Ich verfolgte Caricati bis zu dem Haus des Hehlers und wartete, bis er wieder herauskam. Kurze Zeit darauf verschaffte ich mir selbst unter einem Vorwand Einlass. Steinhausen ist ein gerissener Bursche, aber ich schilderte ihm den Fall derart minutiös, dass er annehmen musste, Filipoff habe mir bereits alles gestanden. Um seine eigene Haut zu retten, war Steinhausen dann ausgesprochen kooperativ. Das Ergebnis sehen Sie hier", schmunzelte Holmes und deutete auf das kostbare

Bild, das die drei Geheimpolizisten mittlerweile in ihre Obhut genommen hatten.

„Dann war also einzig und allein Geld der Grund, warum der Großfürst sterben musste?“, fragte ich ungläubig. „Aber Sie hätten doch bloß mit dem Großfürsten sprechen müssen“, sagte ich zu Filipoff. „Mit einem Federstrich hätte er Sie von Ihren Schulden befreien können.“ – „Mein lieber Freund, so einfach ist das nicht“, sagte der Oberst müde. „Marchand hatte mich komplett in der Hand. Er wusste von meiner Spielsucht und förderte sie nach Kräften. Marchand war stets freundlich und hilfsbereit, wann immer ich einen Kredit benötigte, und am Ende besaß er Schuldscheine von mir über viele tausend Rubel. Hier in Wiesbaden wurde alles noch schlimmer, da ich beim Roulette eine unglaubliche Pechsträhne hatte. Zudem begann Marchand Druck auszuüben: Ich solle meinen Einfluss beim Großfürsten geltend machen, um ihn gegen die guten Beziehungen zwischen Russland und Deutschland einzunehmen. Und die Ikone dürfe keinesfalls Kaiser Wilhelm erreichen. Tagelang ging das so. Schließlich kam mir die rettende Idee, die Ikone zu stehlen, zu Geld zu machen und damit meine Schulden zu bezahlen.“ – „Und was hätten Sie gemacht, wenn der Großfürst Ihren Diebstahl erst später gemerkt hätte?“, fragte Holmes streng. Filipoff lächelte diabolisch: „Das Verschwinden der kostbaren Ikone zu erklären, wäre dann einzig das Problem Seiner Kaiserlichen Hoheit gewesen, aber nicht meines.“ Voller Abscheu blickten wir den einst respektablen Offizier an, den die Spielsucht zum Verräter, Dieb und Mörder gemacht hatte. „Jetzt sollten wir aber auch Marchand schleunigst verhaften“, sagte Cornelius in die Stille hinein, doch Holmes winkte ab. „Mit welcher Legitimation? Es stünde Aussage gegen Aussage. Und der kompromittierenden Schuldscheine dürfte sich Marchand längst entledigt haben“, sagte Holmes, und ein Hauch von Anerkennung klang in seinen Worten mit.

Während die Geheimpolizisten Filipoff abführten, fragte ich Holmes: „Woher wussten Sie, dass uns der Italiener zum Hehler und damit zur Ikone führen würde?“ – „Sie kennen doch meine Methoden, Watson“, entgegnete Holmes. „Der Einzige, den Filipoff hier in Wiesbaden außer Marchand kannte, war Caricati – nämlich über die Liaison des Großfürsten. Wer also sonst hätte ihm einen Hehler vermitteln können?“ – „Und die Perlenkette?“ – „Die war wirklich ein Geschenk des Großfürsten an die Benuti, das Caricati aber auch zu Geld machen wollte. So hat er uns in seiner Gier auf die Spur der Ikone geführt.“ – „Aber warum hat dann Filipoff den Verdacht bewusst auf Caricati gelenkt?“, fragte ich weiter. „Eine glatte Finte, um uns neben Michailoff noch einen weiteren möglichen Schuldigen zu präsentieren“, lächelte Holmes. „Ironie des Schicksals: Der falsche Verdächtige führte uns zur Beute des wahren Täters.“ – „Und was ist mit Michailoff?“, wollte Cornelius wissen. „Vielleicht hat er tatsächlich einen Anschlag geplant, vielleicht auch nicht. Seine Vernehmung mag das zutage fördern. Tatsache bleibt, dass er bei Bekanntwerden des Mordes Wiesbaden fluchtartig verlassen hat. Aber ich bezweifle, dass sie ihn lange festhalten können, da er weder mit dem Mord noch mit dem Raub der Ikone direkt irgendetwas zu tun hat.“

„Ich gebe gern zu, dass ich die ganze Zeit auf der falschen Spur war“, gestand ich ein wenig verschämt ein. „Mein lieber Watson, das ist es ja gerade, was Filipoff erreichen wollte“, sagte Holmes. „Aber bei meinen Nachforschungen hier in Wiesbaden bin ich noch auf etwas ganz anderes gestoßen – die Ankündigung eines Wagner-Opernabends. Sie wissen, wie sehr mich gerade diese meisterhafte Musik zu inspirieren vermag. Lassen Sie uns heute also zur Entspannung den herrlichen Klängen des „Rheingold“ lauschen – selbst wenn sich in dieser Oper ebenfalls alles um Macht und Liebe, Mord, Raub und Besitz dreht.“

Sherlock Holmes und das sagenhafte Eisenmännchen

Zu den merkwürdigsten Abenteuern unseres Wiesbadener Aufenthalts gehört sicherlich die Begebenheit mit dem sagenumwobenen „Eisenmännchen“ in dem kleinen Fischerdorf Schierstein vor den Toren der Kurstadt. Nach dem Abenteuer mit dem ermordeten Großfürsten hatte sich die Kunde von Holmes’ geradezu unglaublichen Fähigkeiten im Nu in der Stadt verbreitet, auch wenn mein Freund nichts dazu tat, dieses Renommee zu befördern, schließlich versuchten wir nach den anstrengenden Begebenheiten noch ein paar Tage lang die gesunde Taunusluft und die heilsamen Quellen zu genießen. Doch dazu sollte uns wenig genug Gelegenheit geboten werden. Denn eines Morgens meldete – wir nahmen gerade gemeinsam ein gutes Frühstück im Speisesaal des Hotels ein – der Page den Besuch einer alten Frau an. Mit einer lässigen Geste deutete er auf ein gebeugtes altes Mütterchen von vielleicht 70 Jahren, das zaghaft auf seinen Stock gestützt am Eingang des Saales verharrte. „Eine Fischersfrau, ohne Zweifel“, murmelte Holmes nach einem kurzen intensiven Blick in ihre Richtung. „Warum bloß nimmt sie den weiten Weg von Schierstein auf sich, um uns zu sprechen? Etwas muss sie in höchstem Maße verängstigt haben. Kommen Sie, Watson, das Frühstück kann warten. Hören wir, was uns die Frau zu erzählen hat.“

Holmes, der bei Konsultationen höchster Adliger wie auch von einfachsten Bediensteten gleichermaßen die Form zu wahren wusste und so seinen Klienten jedweder Couleur die Scheu nahm, war die Liebenswürdigkeit in Person. Behutsam dirigierte er die Frau in einen bequemen Sessel im Foyer, nahm ihr gegenüber Platz und bedeutete mir, mich dazuzugesellen. „Bitte, was führt Sie zu mir?“, fragte er dann mit freundlicher Stimme und in flüssigem Deutsch die sehr zaghaft wirkende alte Frau. Die sammelte sich schließlich und erzählte ihre Geschichte:

„Mein Name ist Hildegard Becker, ich bin Witwe eines einfachen Fischers aus Schierstein am Rhein“, flüsterte sie, und ihre knotigen alten Hände umspielten nervös ihren Stock, den sie sorgsam zwischen die Knie geklemmt hatte. „Ich wohne in einem kleinen Häuschen mit Garten am Ortsrand. Ich bin verwitwet und habe keine Nachkommen, einzig meine junge Großnichte hilft mir gelegentlich in Haus und Garten. Meine Großnichte, müssen Sie wissen, ist Zugehfrau bei einer wohlhabenden Biebricher Familie, die sie gut behandelt und wo sie eine gute Anstellung hat. Ich selbst lebe von meinem wenigen Ersparten, versorge mich so gut es geht aus unserem kleinen Garten, nähe Kleider und verkaufe kleine Handarbeiten.

Ich hätte Sie niemals hier in diesem vornehmen Hotel aufgesucht, wenn nicht in den letzten Nächten höchst seltsame, erschreckende Dinge passiert wären. Dinge, die ich mir nicht erklären kann und die mich bald um meinen Verstand bringen. Denn kaum bin ich zu Bett gegangen, höre ich draußen vor dem Haus schauerliche Geräusche. Es klingt wie das Rasseln von Ketten, und dazu ertönt stets ein grässliches Wehklagen. Ein grauenhaftes Stöhnen, wie von einem Sterbenden. Das Geräusch kommt einmal von hier, einmal von da, manchmal scheint es um das ganze Haus herumzuwandern. Doch jedes Mal, wenn ich dann meine schreckliche Angst überwunden habe und eine Kerze anzünde, die Fensterläden öffne und nach draußen blicke, kann ich nichts entdecken. Absolut nichts. Einmal habe ich mir sogar einen Mantel übergeworfen und mich mit einer Sturmlaterne in den Garten hinausgewagt – auch da war nichts zu sehen. Lieber Mr. Holmes, bitte helfen Sie mir. Ich sterbe schier vor Angst. Ich halte das bald nicht mehr aus. Meine Großnichte hat zwar versprochen, mich bald zu besuchen, doch sie hat nur alle zwei Wochen einen freien Tag. Wenn das noch lange geht, will ich nicht mehr in meinem Haus bleiben. Der Dorfgendarm, dem ich von dem Vorfall berichtet habe, hat mich nur ausgelacht. Er hält mich wohl für geistesgestört. Er hat nur milde gelächelt und gesagt: ‚Na, da scheint ja das Eisenmännchen wieder einmal zu spuken. In diesem Fall bin ich leider machtlos.'"

Holmes und ich sahen uns an. Als Untertanen der englischen Krone waren uns zwar von Kind auf Gespenstergeschichten aus alten Schlössern und verwunschenen Ortschaften sattsam bekannt, als aufgeklärte Naturwissenschaftler des fortschrittlichen 19. Jahrhunderts glaubten wir aber nicht an übernatürliche Kräfte oder gar Geistererscheinungen. Vor allem nicht, wenn sie so urplötzlich eine arme, harmlose alte Frau zu verfolgen schienen. „Seit wann treten diese Erscheinungen auf?", fragte Holmes knapp, aber nicht unfreundlich. „Seit ungefähr zwei Wochen. Und das jeden Abend. Lange halte ich es nicht mehr aus. Bitte, Sie müssen mir helfen. Sie sind meine letzte Hoffnung. Ich weiß, ich bin nur eine arme Witwe und habe nicht viel Geld, um Sie zu bezahlen. Aber ich biete Ihnen alle meine Ersparnisse an, wenn nur der Spuk endlich aufhört."

Holmes legte der alten Frau begütigend seine Hand auf den Unterarm. „Sie müssen sich nicht in Unkosten stürzen, liebe Frau. Ihr höchst ungewöhnlicher Fall hat mein Interesse geweckt, und eine kleine sportliche Aufgabe für mein Gehirn ist mir in diesem Fall Lohn genug." Zweifelnd sah sie ihn an, doch Holmes redete ihr weiterhin gut zu. „Ich werde noch heute Nachmittag zu Ihnen nach Schierstein hinausfahren und mir Ihr Haus in Ruhe ansehen. Und dann werden wir sehen, ob auch uns ein Geist begegnet." Die Alte wirkte nun gleich wie von einer doppelten Last befreit, und mit zahlreichen Dankes- und Segensworten verabschiedete sie sich von uns. Holmes geleitete sie sogar an die Tür, nicht ohne ihre Adresse und die ihrer Nichte in Erfahrung gebracht zu haben. Bestens gelaunt kehrte er zu mir zurück, und zusammen nahmen wir den Rest unseres Frühstücks ein.

Holmes schien äußerlich vorerst keinen Gedanken mehr an den Fall zu verschwenden, doch mir wollte die seltsame Erzählung nicht mehr aus dem Kopf gehen. „Ein merkwürdiger Fall“, hob ich an. „Glauben Sie, dass die Alte die Wahrheit gesagt hat?“ – „Eine reine Gespenstergeschichte war es ganz gewiss nicht“, entgegnete Holmes. „Haben Sie die Augen der Frau beobachtet? Aus ihnen sprach die nackte Angst. Sie ist der Verzweiflung nah, so viel steht fest. Und ich glaube, dass hinter dem Fall mehr steckt, als die alte Frau und wir augenblicklich ahnen.“ – „Sie meinen, es steckt ein Verbrechen dahinter?“, fragte ich ungläubig. „Ja, darauf deutet vieles hin. Aber mehr kann ich augenblicklich noch nicht sagen, ohne die Fakten zu kennen.“

„Dann verraten Sie mir wenigstens, wie Sie auf einen Blick herausgefunden haben, dass die Alte eine Fischersfrau aus Schierstein ist?“, insistierte ich. „Nichts leichter als das, mein lieber Watson“, schmunzelte Holmes. „Ich bin erfreut, wie sehr ich Sie immer noch mit kleinen Beweisen meiner raschen Auffassungsgabe in Erstaunen versetzen kann. Nun, es ist im Grunde ganz trivial: Zum einen konnte die Frau nicht aus der Stadt sein, wie an ihrer einfachen, fast bäuerlichen Arbeitskleidung ersichtlich war. Also musste sie aus dem Umland nach Wiesbaden gekommen sein. Und haben Sie ihre Schuhe bemerkt? Einfache, grobe Stiefel, mit zahlreichen getrockneten Schmutz- und Schlammflecken überzogen. Wo gibt es eine solche Erde? Nach meinem bescheidenen Wissen, das ich mir in den letzten Tagen hier angeeignet habe, nur in unmittelbarer Rheinnähe, in Schierstein, auf der Landstraße. Ein Fischerdorf also, keine Weinbaugemeinde wie die höher gelegenen Ortschaften. Und haben Sie die Hände der Frau bemerkt? Knochige Hände, denen man die harte Arbeit ansah. Zudem der Knotenstock mit dem geschnitzten Schlüssel, dem Symbol des Petrus, des Apostels und großen Menschenfischers. Das deutete auf eine alte Fischersfrau hin. Alle diese Gedanken haben im Bruchteil einer Sekunde mein Hirn durchlaufen. Noch ehe die Frau sich uns vorgestellt hat, hatte ich bereits ein vollständiges Bild von ihrer Herkunft."

Mein ungläubiger Gesichtsausdruck ließ Holmes schmunzeln: „Sie scheinen es eher mit Thomas als mit Petrus zu halten", bemerkte er trocken. „Lassen Sie uns zur Abwechslung daher einen kleinen Ausflug an den Rhein nach Biebrich unternehmen, um Geist und Körper zu erfrischen. Von dort aus können wir dann bequem nach Schierstein wandern." Erfreut stimmte ich zu, denn die Aussicht auf eine körperliche Betätigung schien mir nach diesen geistigen Höhenflügen meines Freundes recht verlockend.

Mit der Bahn fuhren wir also nach Biebrich hinaus – eine angenehme und recht kurze Fahrt, die uns von der eleganten, geschäftigen Kurstadt in den ein wenig verschlafen wirkenden Ort unten am Rhein brachte. Wir spazierten beschwingten Schrittes durch den herrlichen Park, den der letzte Herzog seinen Untertanen hinterlassen hatte, und betrachteten das heitere weiß-rote Sommerschloss, das herrlich in der goldenen Vormittagssonne erstrahlte. Holmes hatte freilich kaum Augen für die Natur oder die barocke Pracht des Schlossgebäudes. Auf seinen besonderen Wunsch hin durchstreiften wir alsbald die angrenzenden Villenviertel, wo er ein Haus besonders in Augenschein nahm. Was es damit auf sich hatte, erwähnte er nicht. Stattdessen schritt er munter und ohne weiteren Kommentar die Uferstraße entlang, und ich folgte ihm verdutzt.

Es war ein ordentlicher Spaziergang von vielleicht einer Stunde, bis wir das malerische Schierstein erreicht hatten. Malerisch ist eigentlich der falsche Ausdruck, denn gegenüber dem prächtigen, höfisch geprägten Biebrich machte es einen eher armen und bescheidenen Eindruck. Aber das kleine Fischerdörfchen hatte einen kaum zu beschreibenden Charme des Einfachen, den ich bisher nur von einigen englischen Küstenorten kannte und dem man sich kaum entziehen konnte. Ich stellte mir vor, wie nachfolgende Generationen entzückt sein würden von den engen und winkligen Gässchen, den windschiefen Fachwerkhäusern und der alles überragenden prächtigen Kirche mit ihrer barocken Turmhaube. Auf diese steuerte Holmes auch zielgerichtet zu, denn er hatte es sich in den Kopf gesetzt, zunächst einmal mit dem Pfarrer über die seltsamen Ereignisse zu sprechen.

Der Pastor, ein würdiger und sehr stattlicher Herr in den Vierzigern mit gestutztem Vollbart, lockigen braunen Haaren und freundlichem Lächeln, war zum Glück gerade zu Hause. Ohne große Umstände bat er uns in sein Studierzimmer, das er im Erdgeschoss des Pfarrhauses eingerichtet hatte. Holmes ließ zunächst im Unklaren, was das Ziel seiner Nachforschungen war. Angeregt plauderte er mit dem Pfarrer zunächst über Kunst im Allgemeinen, dann kamen die beiden rasch auf die kulturhistorischen Besonderheiten der Rokoko-Ausstattung der Kirche, um über Richard Wagner schließlich bei der rheinischen Sagenwelt zu landen. In diesem eleganten Bogen lenkte Holmes schließlich die Unterhaltung auf die Sage vom „Eisenmännchen", die der Pfarrer in aller Breite ausschmückte. Es würde hier zu weit führen, dem Leser alle Details dieser deutschen Sage kundzutun, denn man findet sie in vielen Sagenbüchern aus der Region. Nur so viel: Es handelt sich dabei um einen Ritter einer nahen Burg, der in Liebe zu einer schönen Fischerstochter entbrannt war. Schon nach kurzer Zeit wurde die Frau schwanger. Doch anstatt sie zu heiraten, verstieß er sie daraufhin – ob aus Egoismus oder aus Standesdünkel, ist mir wieder entfallen. Jedenfalls suchte die enttäuschte Frau den Tod in den Fluten des Rheins, und fortan lastete ein böser Fluch auf dem Ritter: Jede Nacht kam ein flackerndes kleines Flämmchen vom Rhein herauf bis zu seiner Burg auf der Anhöhe, und einer magischen Kraft folgend, musste er diesem Flämmchen bis ans Ufer folgen. Auch nach seinem frühen Tod ging das so – und seither ist der solcherart verfluchte Ritter in der Umgebung nur als das schaurig klappernde und heulende „Eisenmännchen" bekannt.

Eine anrührende und romantische Sage, gewiss. Aber wohl doch etwas starker Tobak in unserem aufgeklärten 19. Jahrhundert! Das sah auch der Pfarrer ähnlich, der sich freundlich, aber zurückhaltend zu den Erlebnissen unserer Fischersfrau äußerte, als Holmes geschickt das Gespräch darauf lenkte. Holmes fragte mehr pro forma, ob denn vielleicht die alte Fischersfrau eine entfernte Nachfahrin der unglücklichen jungen Frau sei, so dass sie nun der Fluch des Eisenmännchens treffe, doch dies wies der Pfarrer entschieden zurück: „Das halte ich für ausgeschlossen. Auch hier ist die moderne Zeit angekommen, Mr. Holmes", sagte er mit Nachdruck. „Wir haben die Eisenbahn. Wir sind an den Telegraphen angeschlossen. Wir haben große Dampfschiffe. Wir besitzen einen schönen neuen Rheinhafen. Wir haben namhafte Fabriken am Ort. Unter anderem eine der größten Sektkellereien der Umgebung, die seit Jahren dabei ist, den Betrieb kräftig zu erweitern. Meinen Sie im Ernst, einer der führenden Schaumweinproduzenten des Landes, wie es unser Herr Söhnlein ist, würde noch hierbleiben wollen, wenn es direkt neben seinem Gelände spuken würde? Nein, glauben Sie mir: Das ‚Eisenmännchen' ist eine Sage. Eine beeindruckende, gewiss, und mit viel lokalem Bezug und einem historischen Kern. Aber letztlich eben nur eine Sage."

Dieser Logik konnten wir uns nicht entziehen. Nachdenklich verließen wir das prächtige alte Pfarrhaus, um uns zu unserer Fischersfrau aufzumachen. Wir mussten nicht weit laufen. Nach wenigen Minuten hatten wir den Ortsrand erreicht, und dort, umgeben von einem großen Garten mit Apfelbäumen, Gemüsebeeten und einem kleinen Gehege mit Hühnern, stand das Haus der alten Frau. Haus ist eigentlich zu viel gesagt, denn es handelte sich um ein kleines Häuschen aus Fachwerk, mit einem spitzen Giebel und mit zahlreichen Holzschindeln verkleidet. Das Ganze machte den Eindruck größter Armut und Bescheidenheit. Umso herzlicher war der Empfang, als uns die Alte auf unser Klopfen die Tür öffnete. Gern nahmen wir einen Teller Kohlsuppe, den sie uns kredenzte, denn wir hatten seit dem Frühstück nichts mehr zu uns genommen.

Doch kaum hatten wir unser bescheidenes Mahl verzehrt, hielt es Holmes nicht länger auf seinem Schemel. In geschäftsmäßigem Ton bat er die Alte, sich nun im Garten umsehen zu dürfen, und schritt dann zur Tür. Durch die kleinen Fensterscheiben konnte ich sehen, wie Holmes zunächst die Außenwände des Hauses inspizierte und dann den Garten abschritt, den Blick immer wieder auf die Erde gerichtet. An manchen Stellen bückte er sich, legte sich einmal sogar auf den feuchten Boden, nahm seine Lupe und sein Maßband zur Hand.

Aus Erfahrung wusste ich, dass es sinnlos war, ihm bei dieser akribischen Tätigkeit zur Hand gehen zu wollen. So blieb ich in der kleinen Stube sitzen, besah mir die ärmliche, abgenutzte Einrichtung und fragte mich, warum ein veritables Gespenst ausgerechnet diese alte, praktisch mittellose Frau heimsuchte. Da meine deutschen Sprachkenntnisse nicht ausreichten, um eine Konversation in Gang zu halten, betrachtete ich schließlich die Bilder, die auf dem Vertiko standen: Auf einem meinte ich den verstorbenen Mann auszumachen – auf einem Kahn am Flussufer, mit einem veritablen Rheinsalm in den Armen, offenbar ein besonders bedeutender Fang. Mehrfach sagte die Alte etwas vom „Kaiser“ – offenbar war der kapitale Fisch damals dem gerade in Wiesbaden zur Kur weilenden Monarchen zum Geschenk gemacht worden. Und schließlich besah ich mir die Fotografie einer aparten jungen Frau. Sie hatte helle, lachende Augen und bezaubernde blonde Locken. Offenbar war dies die Großnichte, von der die alte Frau erzählt hatte. Unwillkürlich musste ich wieder an die Sage vom „Eisenmännchen“ denken. War es da nicht auch um eine schöne, blonde Fischerstochter gegangen? Hatte der Pfarrer also vielleicht doch Unrecht, und es gab wirklich einen Fluch, der mit dieser Familie verbunden war?

Holmes’ Rückkehr aus dem Garten riss mich aus meinen Gedanken. Sein Gesicht zeigte den Ausdruck großer Zufriedenheit – offenbar hatte er eine Spur gefunden. Was genau seine Inspektion des Gartens zutage gefördert hatte, behielt er jedoch in bekannter Manier für sich. Der Alten teilte er lediglich in fürsorglichem Ton mit, dass er sicher sei, es hier nicht mit übersinnlichen, sondern vielmehr höchst irdischen Mächten zu tun zu haben. Des Weiteren kündigte er an, in dieser Nacht bei ihr Wache halten zu wollen, um den geheimnisvollen Vorgängen weiter auf den Grund zu gehen. Man kann sich vorstellen, wie erleichtert die alte Frau ob dieses Hilfsangebotes war. Fest drückte sie Holmes und mir die Hand, als wir uns verabschiedeten und versprachen, am frühen Abend wieder zurück zu sein.

„Nun, Watson, was halten Sie von dem Fall?“, fragte mich Holmes, als wir in einem malerischen kleinen Gasthaus im Herzen Schiersteins, das als Wahrzeichen einen großen Lindenbaum vor dem Tor hatte, einen leichten Abendimbiss einnahmen. Ich gestand Holmes, dass ich hin- und hergerissen war von den Erlebnissen. Dass hier ein Gespenst am Werk war, konnte ich mir eigentlich nicht vorstellen. Andererseits sprachen viele Indizien dafür, dass der mittelalterliche Fluch des „Eisenmännchens“ in unserem Jahrhundert neue Nahrung gefunden hatte. Holmes schmunzelte. „Zumindest hat unser ‚Gespenst‘ deutliche Spuren im Garten hinterlassen. Wir haben Glück, dass die Erde recht feucht ist. Die Geistererscheinung ist daher sehr real, so viel steht fest. Wer dahintersteckt, hoffe ich heute Nacht mit Ihrer Hilfe herauszufinden. Sind Sie bereit für ein kleines nächtliches Abenteuer?“ Mit klopfendem Herzen sagte ich zu – immerhin war dieser einer der ungewöhnlichsten Fälle, die ich während meiner Freundschaft mit Holmes erlebt hatte.

Am frühen Abend kehrten wir in das kleine Fachwerkhäuschen zurück. Wie erstaunt waren wir, neben der Alten noch zwei weitere Personen in der kleinen Stube vorzufinden. Da war zunächst einmal die junge Frau, die ich sofort von der Fotografie wiedererkannte: Sie hieß Magdalene und war die Großnichte der Alten. Sie trug ein einfaches Leinenkleid und grobe Arbeitsschuhe, doch ihrer herben Schönheit konnte dies keinen Abbruch tun. Unwillkürlich musste ich an das Märchen von Aschenputtel denken, denn der junge Mann, der neben ihr stand und mir völlig unbekannt war, machte ganz und gar den Eindruck eines Prinzen. Zwar trug er keine Krone auf seinen zurückgekämmten blonden Haaren und war auch nicht besonders groß, aber er war eine überaus gepflegte, fast dandyhafte Erscheinung. Zu seinem hellen Sportanzug trug er eine auffällig gestreifte Krawatte mit einer goldenen Nadel in Form eines Hufeisens, und an seinen Manschetten prangten goldene Knöpfe in Form von Kleeblättern. Seine eleganten, schmalen Stiefeletten waren auf Hochglanz poliert, und an seinen Fingern glänzten mehrere Ringe mit bunten Steinen. Er stellte sich als Leander von Habicht vor und war der Sohn der reichen Biebricher Familie, bei der die Großnichte der Alten als Hausangestellte arbeitete. Betont lässig ließ er uns wissen, dass er der jungen Frau seinen Schutz angeboten hatte, als diese verkündet habe, an ihrem freien Abend ihrer Großtante beistehen zu wollen und dass diese sogar den berühmten Detektiv aus London zu Hilfe gerufen habe. Die Alte selbst schien höchst erfreut über dieses Angebot: Drei kräftige Männer nebst ihrer jungen, patenten Großnichte – welches Gespenst würde es wohl mit einer solchen Wachmannschaft aufnehmen wollen?

Zur gewohnten Stunde zog sich die alte Fischersfrau in ihr enges Schlafgelass zurück, begleitet von ihrer jungen Verwandten. Wir drei Männer hielten, an einem einfachen Holztisch sitzend, schweigend in der nun fast völlig dunklen Stube Wache. Stunde um Stunde verging, ohne dass sich draußen etwas gerührt hätte. Holmes, der große Stoiker, saß in völliger Reglosigkeit da, ja selbst sein Atem war kaum noch vernehmbar. Der junge Mann neben mir hatte diese Ruhe offenbar nicht. Zwar wagte er es nicht, die Stille zu brechen und etwa flüsternd ein Gespräch mit mir zu suchen. Aber aus seinen unruhigen Bewegungen, seinem Hin- und Herrutschen auf dem harten Holzstuhl, bemerkte ich, dass es ihn nach Abwechslung dürstete. Vermutlich hätte ihm als Mitglied der vornehmen Wiesbadener Gesellschaft an diesem Tag jedwede Möglichkeit zu abendlichen Vergnügungen offen gestanden, anstatt Stunden in dieser finsteren und engen Stube zu sitzen.

Plötzlich, nach einer schier endlosen Zeit des Wartens, hörten wir draußen ein Geräusch. Zunächst war es noch ein fernes Rasseln, weit außerhalb des klapprigen Gartenzaunes. Aber dann kam das Geräusch näher – es war tatsächlich das Klirren und Rasseln von Ketten. Ein schauerliches, tiefes Stöhnen ertönte. Das Stöhnen kam näher, erklang bald von dieser, bald von jener Seite des kleinen Hauses und wurde immer eindringlicher. Die Ketten rasselten jetzt laut, schlugen ein ums andere Mal an die dünne Hauswand.

Ich muss gestehen, dass mir ein Schauer des Entsetzens über den Rücken lief. Ich habe in meinem Leben viel Schreckliches erlebt – hinterhältige nächtliche Angriffe von kriegerischen Stämmen auf unsere braven britischen Truppen im afghanischen Hochland, die einige meiner besten Kameraden das Leben kosteten, und die blutige Schlacht von Maiwand, die mir selbst fast den Tod gebracht hätte. Aber dieses Geräusch machte mich beinahe starr vor Schrecken. Wie gelähmt saß ich da. Holmes hingegen schien jeden Muskel anzuspannen, um mit einem Sprung an der Tür zu sein und die grässliche Erscheinung da draußen – was oder wer auch immer es war – zu überwältigen. Eigentlich hatten wir abgesprochen, dass Holmes als Vorhut nach draußen eilen sollte. Doch jetzt ergriff unser junger Begleiter als Erster die Initiative, offenbar konnte er seinen Tatendurst nicht mehr zügeln. Mit einem lauten, wütenden Aufschrei stürzte er hinaus in die Dunkelheit, direkt in Richtung des Gespensts.

Holmes und ich waren so verblüfft von diesem energischen und mutigen Alleingang unseres jungen Mitstreiters, dass wir einige Sekunden brauchten, um auch ins Freie zu eilen – zu spät, wie wir rasch feststellten. Wir sahen nur noch, wie am Ende des Gartens der junge Mann mit einer grauenhaften Erscheinung rang: einer Gestalt, etwa mittelgroß, bekleidet mit einem weißen, wehenden Gewand. Vor der Brust trug das Wesen einen rostigen alten Panzer, wie ihn wohl die Ritter im Mittelalter benutzt haben mochten. Am grauenhaftesten aber war sein Gesicht: Unter einem alten, verbeulten Helm sahen wir im aufkommenden Mondlicht ein weißes, fratzenhaft verzerrtes Antlitz, das uns aus bösen Augen anfunkelte. Ehe wir noch etwas unternehmen konnten, hatte diese grausige Rittergestalt mit seiner Eisenkette ausgeholt und unserem jungen Freund einen kräftigen Schlag in die Seite versetzt, der ihn stöhnend zurücktaumeln ließ – geradewegs in die Arme von Holmes, der soeben in den Kampf eingreifen wollte. Der eiserne Ritter nutzte diesen Moment der Verwirrung: Mit einer Behändigkeit, die wir ihm nicht zugetraut hätten, schwang er sich über den morschen Gartenzaun und rannte über die Felder davon. Wenn unser junger Mann nicht gestürzt wäre und Holmes dabei mit umgerissen und unter sich begraben hätte, hätte sich dieser sicherlich sofort an die Verfolgung gemacht. Ich selbst war für eine schnelle Verfolgungsjagd wegen meiner alten Kriegsverletzung und meiner wenig sportlichen Konstitution denkbar ungeeignet. So konnten wir nichts weiter tun, als der seltsamen Gestalt nachzusehen, wie sie im aufkommenden Nebel der Rheinwiesen rasch verschwand.

So enttäuschend die Aktion auch zu Ende gegangen war – zumindest eines hatte der Abend ergeben: Das „Eisenmännchen“ existierte tatsächlich – und es schien eine reale, wenn auch Schrecken verbreitende Gestalt zu sein, die zudem kräftige Schläge austeilen konnte. Zum Glück hatte sich unser junger Begleiter rasch wieder erholt und lehnte sogar gefasst mein Angebot ab, ihn auf mögliche Verletzungen zu untersuchen. Doch nun schien auf einmal Holmes, wie von einer geheimen Zaubermacht getroffen, zu straucheln. Er krümmte sich, sein Gesicht verzerrte sich vor Schmerz, und er taumelte vorwärts. Wäre nicht unser junger Mann gewesen, der ihn auffing – Holmes wäre sicherlich der Länge nach auf dem Gartenweg in eine Pfütze hingeschlagen. So war es lediglich unser Begleiter, der mit seiner eleganten Stiefelette mitten in den Matsch trat und darauf beinahe ausgeglitten wäre. Zum Glück dauerte Holmes’ Anfall nur wenige Sekunden. Gleich darauf hatte er sich wieder in der Gewalt, richtete sich kerzengerade auf und entschuldigte sich förmlich dafür, dass sein Beruf eine mitunter nervöse Konstitution zur Folge habe. Etwas säuerlich betrachtete der elegante junge Mann seine schlammbedeckte Stiefelette und sein beschmiertes Hosenbein, blieb aber bemüht freundlich.

Den Rest der Nacht brachten wir damit zu, den aufgeregten beiden Frauen die Erlebnisse in allen Einzelheiten zu schildern. Im Morgengrauen zog sich unser junger Begleiter eiligst zurück, und auch wir machten uns auf, um zunächst in unserem Wiesbadener Hotel noch ein paar Stunden zu schlafen und ein heißes Bad zu nehmen. Bevor wir jedoch die Stätte des nächtlichen Kampfes verließen, inspizierte Holmes noch einmal den Garten und diesmal sogar noch gründlicher als am vorigen Nachmittag. Mit triumphierendem Lächeln kehrte er von seiner Suche zurück, um mit mir gemeinsam in die Stadt zu fahren.

Nach einigen Stunden wohlverdienten Schlafs, einem erquickenden heißen Bad und einem guten späten Frühstück fühlte ich mich wie neugeboren. Auch Holmes schien blendender Laune, als ich ihn nach den Plänen für den heutigen Tag befragte. „Eine Plauderei über das Rheingold", gab er mir schmunzelnd zur Antwort. „Sie meinen doch nicht etwa die Wagner-Oper?", fragte ich verständnislos. Holmes lächelte. „Ich dachte eher an den Sektfabrikanten Söhnlein aus Schierstein, der einen Schaumwein namens ‚Rheingold' auf den Markt gebracht hat. Wie Sie wissen, grenzt sein Fabrikationsgelände an das Grundstück der alten Witwe. Und nun sehen Sie einmal, was ich im Garten gefunden habe und was unser ‚Gespenst' offensichtlich verloren hat." Mit großer Befriedigung zog er einen kleinen flachen Gegenstand aus der Tasche, der sich bei näherem Betrachten als Taschenmesser entpuppte – und zwar von der Art, wie es Winzer und Kellermeister mit sich führen. Auf der Oberseite war die Aufschrift „Rheingauer Schaumweinfabrik, Schierstein a. Rh." zu lesen, und auf der Rückseite war mit ungelenker Hand der Name „Th. Schmitt" eingraviert. „Es sieht so aus, als müssten wir Herrn Schmitt und seinem Vorgesetzten einen kleinen Besuch abstatten", sagte Holmes mit ironischem Lächeln. „Sie glauben, dass der Fabrikant seinen Mitarbeiter dazu angestiftet hat, als Gespenst die alte Witwe zu erschrecken?“, frage ich verblüfft. „Sieht es nicht danach aus?“, entgegnete Holmes. „Zumindest wüsste ich gern, wie der große Fabrikant reagiert, wenn ich ihm dieses Messer zeige.“

Johann Jacob Söhnlein war ein äußerst charmanter und belesener Mann, der uns freundlich in seinem Kontor empfing. Angenehm plauderten wir über die Technik des Sektmachens, die dem chemisch interessierten Holmes in allen Einzelheiten geläufig war, und kamen dann über Söhnleins Prestige-Cuvée zu den Werken Richard Wagners, für die beide Herren eine besondere Vorliebe hegten. Geschlagene zehn Minuten parlierten sie allein über den ‚Tristan‘, dessen schicksalhafte Handlung sich immerhin an der herrlichen Küste Cornwalls zutrug. Schließlich kam Holmes zum Kern seines Anliegens: Er holte das Messer aus der Tasche, hielt es Söhnlein unter die Nase und fragte ihn unverblümt, ob ein Herr Th. Schmitt bei ihm arbeite. „Aber natürlich, das ist einer meiner Arbeiter in der Kellerei. Und das ist sein Messer“, sagte der Fabrikant. „Er muss es verloren haben. Wo haben Sie das denn gefunden? Wissen Sie, ich dulde keine Nachlässigkeit bei meinen Mitarbeitern.“ – „Das ist ja gerade das Seltsame“, entgegnete Holmes. „Wir haben es auf dem Grundstück Ihrer Nachbarin, der alten Frau Becker, gefunden. Und zwar unmittelbar, nachdem sie einen unliebsamen nächtlichen Besuch des ‚Eisenmännchens‘ hatte.“ Mit wenigen Worten erzählte Holmes die Geschichte der alten Frau und die Dinge, die sich in der letzten Nacht zugetragen hatten. Der renommierte Fabrikant zeigte ob dieser Nachricht zunächst Anzeichen des Erstaunens, dann der Verärgerung. „Wissen Sie, was Sie da behaupten? Wollen Sie damit etwa sagen, dass meine Leute meine Nachbarn mutwillig einschüchtern? Am Ende behaupten Sie noch, ich stecke dahinter und wolle die Alte mit allen Mitteln davonjagen, um mir billig ihr Grundstück anzueignen!" Holmes schmunzelte. „Hat es nicht ganz diesen Anschein?", fragte er. Söhnlein zitterte jetzt vor Zorn. „Natürlich will ich expandieren. Ich weiß zwar nicht, wieso diese Nachricht schon die Runde macht, aber es ist wahr. Aber es ist nicht wahr, dass ich meine Nachbarn mit unlauteren Mitteln vertreiben will. Mr. Holmes, ich bin ein ehrlicher Geschäftsmann. Und wenn ich ein Gelände haben will, dann zahle ich einen fairen Preis. Ich habe es weiß Gott nicht nötig, auf unlautere Machenschaften zu setzen. Und schon gar nicht auf Geistererscheinungen." Holmes' Lächeln wurde breiter. „Dann haben Sie sicherlich nichts dagegen, wenn wir Ihren Mitarbeiter direkt befragen."

Söhnlein nickte kurz und wortlos und schickte dann einen Büroangestellten los, Schmitt sofort in sein Kontor zu holen. Der ließ auch nicht lange auf sich warten. Wir erblickten einen mittelgroßen jungen Mann von vielleicht 30 Jahren, mit struppigen blonden Haaren, einem offenen Blick und einem leicht verschämten Lächeln auf den Lippen. Er trug grobe Arbeitshosen aus Drillich und klobige Stiefel, wie sie wohl für die Arbeit in den Lagerkellern geeignet waren. Seine dunkle, schon abgenutzte Kappe hielt er verlegen in der Hand, während er abwechselnd uns und Herrn Söhnlein fragend anblickte. Der hielt das Taschenmesser in die Höhe, sah Schmitt unverwandt in die Augen und fragte ihn unverblümt, ob er dieses Messer vermisse. Einen Moment lang glaubte ich ein leichtes Zögern wahrzunehmen, doch dann antwortete er wie aus der Pistole geschossen. „Ja, das ist mein Messer. Ich vermisse es seit gestern. Ich habe keine Ahnung, wo ich es verloren haben könnte, und habe schon die ganze Kellerei danach abgesucht. Ich weiß, wie sehr Sie auf Ordnung und Sauberkeit achten. Umso mehr freue ich mich, dass das Messer wieder aufgetaucht ist. Wo haben Sie es denn gefunden?" Söhnlein sah ihn streng an: „Das ist ja das Merkwürdige. Mitten in der Nacht bei unserer Nachbarin, der alten Frau Becker. Haben Sie dafür eine Erklärung?" Energisch schüttelte Schmitt den Kopf. „Dann muss es jemand gefunden und dorthin getragen haben. Ich jedenfalls war es nicht." Holmes und ich blickten uns an. „Dann ist wohl alles gesagt. Ich bedanke mich für die Auskunft", sagte Holmes, und mit einem kurzen Gruß verließen wir das Kontor.

Wir liefen freilich nicht weit. Schon hinter der Hausecke hielt mich Holmes zurück und bedeutete mir, ihm leise unter das Kontorfenster zu folgen. Gerade noch rechtzeitig, um ein gewaltiges Donnerwetter des Kellereichefs mitzubekommen: „Wie können Sie mich so desavouieren?", brüllte er Schmitt an. „Wissen Sie, was jetzt los ist? Der berühmte Sherlock Holmes ermittelt in dem Fall. Und zwar gegen mich. Gegen mich! Einen ehrlichen Kaufmann! Wissen Sie, was das bedeutet? Jeder wird sagen, ich wolle die Alte um ihr Grundstück bringen." Wir hörten undeutliches Gemurmel von Schmitt, doch Söhnlein tobte weiter. „Was sagen Sie? Unsinn! Ich will nichts mehr hören. Kein Wort mehr, zu niemandem. Sie schweigen still. Ich werde versuchen, diese Affäre aus der Welt zu schaffen. Als wenn ich nicht schon genug Ärger hätte ..." Holmes nickte mir zu – er hatte offenbar genug gehört. Leise und vorsichtig verließen wir unseren Horchposten unter dem Fenster, und unbemerkt schlüpften wir aus dem Hof der Kellerei. „Mein lieber Watson, wir werden uns für einige Stunden trennen müssen", sagte Holmes dann. „Gehen Sie in unser Hotel zurück, vermutlich werde ich Sie heute Abend noch brauchen." – „Und was werden Sie tun?", fragte ich enttäuscht. „Schauen, wie unser Herr Schmitt weiter reagiert", sagte Holmes geheimnisvoll. „Aber dabei ist eine Person unauffälliger als zwei."

Immer noch leicht enttäuscht über den Alleingang von Holmes, fuhr ich mit einer Droschke nach Wiesbaden zurück. Der Nachmittag wurde mir recht lang, trotz aller Unterhaltung, die eine moderne Kurstadt vom Ausmaße Wiesbadens zu bieten hat. Aber weder ein öffentliches Konzert im Kurpark noch ein Bummel zu den umliegenden Geschäften konnten meine Aufmerksamkeit lange fesseln. Zu sehr war der Fall des merkwürdigen „Eisenmännchens“ und der zwielichtigen Rolle des Kellereibesitzers in mein Gedächtnis gebrannt. In Gedanken wälzte ich den Fall vor- und rückwärts. Konnte es denn sein, dass der Sektfabrikant log? Oder dass sein junger Angestellter auf eigene Faust gehandelt hatte? Andererseits machten beide einen ehrlichen Eindruck und sahen wirklich nicht wie Verbrecher aus. Ich wusste mir keinen Reim auf die Sache zu machen und war daher froh, als Holmes am späten Nachmittag endlich im Hotel eintraf.

Holmes' Lächeln war noch breiter geworden als am Morgen. „Hätten Sie Lust auf ein kleines, verbotenes Spielchen Baccara?“, fragte er mich zur Begrüßung und winkte mit einem Bündel Geldscheine. Ich sah ihn verständnislos an. „Ja, in einem der geheimen Spielclubs, die auch schon unser ermordeter Großfürst aufgesucht hat. Wie Sie wissen, haben die moralinsauren Preußen das Glücksspiel ja gleich nach ihrer Annexion Nassaus verboten. Und nun lassen alle Vergnügungssüchtigen ihr Geld eben in Monte Carlo und anderswo“, sagte er. „Zumindest offiziell. Aber inoffiziell findet sich auch in einem mondänen Badeort wie Wiesbaden so manche Gelegenheit.“ – „Und da hoffen Sie Informationen über unseren Fall zu finden?“, fragte ich immer noch völlig verblüfft. „Nicht nur dies, sondern auch die Lösung des Rätsels“, antwortete Holmes kryptisch, während er mich schon in Richtung des Ausgangs bugsierte, wo bereits eine Kutsche auf uns wartete.

In rascher Fahrt ging es in Richtung Nerotal, wo wir vor einer herrschaftlichen, offenbar erst kürzlich errichteten Villa hielten. Ein livrierter Diener öffnete uns die Tür, nachdem ihm Holmes ein geheimes Passwort zugeflüstert hatte. Dann schlenderte Holmes mit größter Blasiertheit und Selbstverständlichkeit in die Halle, wo in der Mitte zahlreiche Männer und einige Frauen zweifelhafter Herkunft einen veritablen Roulette-Tisch umstanden, den es in dieser Stadt eigentlich gar nicht mehr geben durfte. Ich folgte ihm mit immer größerem Staunen, während ich ihm zuraunte: „Wer hat Ihnen denn das Passwort gegeben?" – „Eine blonde Schönheit, mein lieber Watson. Eine Frau, die mit den Geistern im Bunde ist", lächelte Holmes. „Sie meinen doch nicht etwa Magdalene, die Großnichte der alten Fischersfrau?", rief ich. „Genau die. Doch nun schweigen Sie, denn wir wollen kein Aufsehen erregen." Weiter schlenderten wir durch die großzügigen Räume. Der Roulette-Tisch schien Holmes nur am Rande zu interessieren, auch wenn ich an ihm einige prominente Kurgäste zu erkennen glaubte.

Doch mein Freund steuerte mit großem Spürsinn eine schmale Seitentür an. Hier stand ein weiterer Lakai, dem Holmes diskret ein größeres Geldstück in die Hand drückte. Wortlos öffnete der die Tür, und wir betraten einen kleinen, dunklen Nebenraum, der nur von einigen Petroleumlampen schummrig erleuchtet war. Im Dämmerlicht sah ich an einem Spieltisch in der Mitte des Raumes etwa ein Dutzend junge Männer und solche mittleren Alters, während ein paar ältere auf Sofas an den Wänden Platz genommen hatten. Unter den Männern am Spieltisch bemerkte ich zu meiner nicht geringen Überraschung den jungen Herrn von Habicht, der jetzt elegante Abendgarderobe trug. Auch er schien unser Kommen sofort bemerkt zu haben, denn er blickte uns nur den Bruchteil einer Sekunde erschrocken an, fand dann sofort seine Contenance wieder, deutete mit dem Finger auf uns und rief seinen Begleitern lautstark zu. „Freunde, da ist ja mein Erbonkel. Der da, der Lange an der Tür. Wenn ihr euer Geld wollt, haltet euch an ihn. Er hat sogar schon seinen

Bankier mitgebracht.“ Die Wirkung seiner Worte war unbeschreiblich. Fast zeitgleich stürzten die Männer auf uns zu, es entstand ein Tumult und Gerangel, und innerhalb von Sekunden waren wir von den Spielern umringt. Wie auf Kommando zogen die meisten von ihnen irgendwelche Zettel aus ihren Taschen, die sie uns unter die Nase hielten – offensichtlich Schuldscheine, die der junge von Habicht ihnen ausgestellt hatte.

Die Lage wurde zusehends bedrohlich. „Ich will mein Geld, aber sofort. Fünftausend schuldet mir der Kerl schon“, schrie ein vierschrötiger Kerl, der mich am Arm packte und offenbar nicht beabsichtigte, mich so schnell wieder loszulassen. Zwei andere versuchten Holmes in die Zange zu nehmen, doch der wich geschickt aus, stieß einen weiteren mit einem kräftigen Schlag vor die Brust und verschaffte sich so Luft. Mit einem katzenhaften Sprung, den ihm wohl keiner der Umstehenden zugetraut hatte, befreite er sich aus dem Tumult und sprintete zu der offenen Seitentür, durch die von Habicht – das Getümmel gezielt ausnutzend – bereits wenige Sekunden zuvor hinausgeschlüpft war. Verblüfft blickten alle Holmes hinterher. „Wenn ihr euer Geld wollt, müsst ihr ihn fragen“, rief ich in einer plötzlichen Eingebung den Umstehenden zu, die auch prompt von mir abließen und den beiden Flüchtenden nacheilten. So schnell der Spuk gekommen war, so schnell war er auch wieder vorbei. Nur ein paar ältere Männer, die das Geschehen von ihren Polsterbänken aus verfolgt hatten, waren außer mir noch im Raum. Ich sah mich um, richtete meine in Unordnung geratene Garderobe, grüßte mit einem stummen Kopfnicken, verließ würdevoll das Zimmer und machte mich anschließend schleunigst aus dem Staube. Nur fort aus diesem Haus! Wer mochte wissen, welche Anschläge noch drohten! Zum Glück stand eine Droschke vor der Tür, und innerhalb kurzer Zeit fand ich mich in der Sicherheit unseres Hotels wieder.

Im Rückblick musste ich fast schmunzeln über das denkwürdige Abenteuer, das wir gerade erlebt hatten. Mich für einen Londoner Bankier zu halten – einfach skurril! Und Holmes als schwerreicher Erbonkel eines offensichtlich bis über beide Ohren verschuldeten jungen Spielers – geradezu absurd! Eine höchst amüsante Geschichte, die ich gern einmal im Kreise meiner Kollegen aus der Medical Society berichten würde. Dann aber dachte ich daran, wie es Holmes wohl mittlerweile bei der Verfolgung von Habichts ergangen war. Vor dem wütenden Mob hatte er nur einen kurzen Vorsprung – ich hoffte, er würde die Menge abschütteln und den frechen jungen Mann zur Rede stellen, der uns in eine solch unangenehme Situation gebracht hatte.

Es dauerte tatsächlich noch mehrere Stunden, ehe ich Holmes wieder zu Gesicht bekam. Im Hotel war bereits weitgehend Ruhe eingekehrt, nur im zur Hauptstraße hinaus gelegenen Café waren noch einige Nachtschwärmer anzutreffen. Ich saß als fast einziger Gast in der Halle und studierte, von türkischem Mokka wach gehalten, die Abendzeitungen. Als Holmes zur Tür hereinkam, schien er blendender Laune. „Die Fäden entwirren sich“, rief er mir wohlgemut zu, während er sich in einem Fauteuil neben mir nieder ließ. „Haben Sie die wild gewordenen Gläubiger abschütteln können?“, fragte ich besorgt. Holmes lächelte. „Keine Sorge, nach ein paar hundert Yards ging ihnen bereits die Luft aus. Auch die versiertesten Pferdewetter sind selbst nicht besonders gut zu Fuß, wie mir scheint.“ Holmes' Lächeln wurde breiter. „Sie sehen, ein veritabler britischer Sportsmann ist jeder Situation gewachsen.“ – „Das sehe ich“, entgegnete ich ehrlich erleichtert. „Aber nun erzählen Sie mir doch, Holmes, was weiter passiert ist.“ – „Nun, ich habe von Habicht tatsächlich eingeholt und ein längeres Gespräch mit ihm geführt. Er schien nach den Ereignissen der letzten Stunden recht gesprächig und hat mir die fehlenden Teile des Puzzles geliefert." – „Und welche sind das?", fragte ich neugierig. „Damit, mein lieber Watson, muss ich Sie leider bis morgen vertrösten. Bitte verzeihen Sie mir diese Geheimniskrämerei, aber es muss sein. Ich habe von Habicht mein Wort darauf gegeben, vor morgen früh keinen weiteren Kommentar zu den Vorfällen abzugeben. Und das schließt leider auch Sie mit ein." Holmes schien meine Enttäuschung zu spüren, denn er flocht sofort ein: „Morgen früh habe ich einen Termin bei Herrn Söhnlein, der diesen Fall sicherlich zu einem guten Abschluss bringt. Ich würde mich freuen, Sie an meiner Seite zu haben. Mit Sicherheit werden Sie diese ungewöhnliche Geschichte in die Sammlung Ihrer Fälle mit aufnehmen wollen."

Wie üblich, hatte Holmes meine Neugier und meine Eitelkeit an der richtigen Stelle gepackt, und in Vorfreude auf die Ereignisse des kommenden Tages ging ich auf mein Zimmer. Es dauerte freilich geraume Zeit, bis ich Schlaf fand – sei es nun den Ereignissen des Tages oder dem türkischen Mokka geschuldet. Ich war daher noch müde, als ich am nächsten Morgen im Speisesaal Holmes traf, der offenbar bereits ein kräftiges Frühstück zu sich genommen hatte. „Essen Sie rasch noch einen Happen, mein Freund, die Droschke wartet bereits", rief er mir zur Begrüßung zu. Hastig spülte ich ein paar Bissen mit einer Tasse heißen Tees herunter, und ehe ich mich versah, waren wir erneut unterwegs nach Schierstein. Holmes war den ganzen Weg über schweigsam, und ich hing meinen Gedanken nach, während wir uns der Kellerei näherten. Sollte der berühmte Fabrikant etwa doch hinter all den merkwürdigen Vorgängen stecken?

Herr Söhnlein empfing uns wider mein Erwarten höchst freundlich. Ja er schien geradezu erfreut, Holmes und mich in sein Kontor bitten zu können. Dort wartete bereits die alte Fischersfrau mit ihrer blondgelockten Großnichte, neben der etwas verlegen blickend der junge Kellerei-Mitarbeiter stand.

Wir alle schauten erwartungsvoll Holmes an, der seinen großen Auftritt genoss und gravitätisch mit seiner Rede anhub:

„Meine Damen und Herren, ich darf Ihnen allen mitteilen, dass der Spuk des ‚Eisenmännchens' ein für allemal vorbei ist. Sie möchten sicherlich wissen, wieso ich das behaupte. Nun, nach unserem letzten Gespräch habe ich die weiteren Aktionen unseres jungen Kellerei-Angestellten hier näher verfolgt. Und dabei zwei höchst interessante Dinge herausgefunden: Die eine ist, dass unser junger Freund hier" – und dabei blickte er den Mann streng an – „offenbar kurzzeitig auf Abwege geraten ist und in der Nacht, als wir zusammen Wache hielten, tatsächlich das ‚Eisenmännchen' gespielt hat. Keine Widerrede, er hat alles gestanden, nachdem ich ihm dies auf den Kopf zugesagt habe. Viel wichtiger aber ist etwas anderes, das ich herausgefunden habe." Und diesmal lächelte Holmes, als er fortfuhr. „Und zwar, dass dieser junge Mann diese junge Frau von Herzen liebt." Beherzt ergriff Schmitt bei diesen Worten Magdalenes Hand und zog sie liebevoll zu sich heran. Söhnlein, die alte Fischerin und ich staunten. Eine derartige Entwicklung der Dinge hatte wohl keiner von uns erwartet.

„Wollen Sie damit sagen, dass Herr Schmitt uns allen und vor allem der alten Fischersfrau einen gehörigen Schrecken eingejagt hat, obwohl er ihre Großnichte liebt?", fragte ich verdutzt. „Genau so ist es", entgegnete Holmes. „Aber warum?", fragte nun Söhnlein, der sich genauso wenig wie ich einen Reim auf die Geschehnisse machen konnte. „Weil ich Geld brauche und wir beide heiraten wollen", sagte Schmitt ruhig. „Bitte verstehen Sie doch meine Situation. Magdalene und ich kennen uns seit drei Jahren. Wir lieben einander von Herzen und wir wollen heiraten, sobald es uns möglich ist. Aber ich habe bisher nicht genügend Geld gespart, um einen gemeinsamen Hausstand zu gründen, und auch Magdalenes

Einkommen ist gering. Da kam mir das Angebot von Magdalenes Arbeitgeber gerade recht. Fünfhundert Mark hat er mir geboten, wenn ich eine Nacht lang ein Gespenst spiele und ein wenig um das Haus von Magdalenes Großtante herumlaufe. Ich musste nicht lange überlegen, denn ich malte mir aus, was so viel Geld für uns beide bedeuten würde – nicht weniger als die Erfüllung unserer Träume."

„Und allein dafür haben Sie unsere Nachbarin so erschreckt?", fragte Söhnlein gestrenge, dem jede Art von Unkorrektheit zuwider war. „Bitte verstehen Sie doch", antwortete Schmitt. „Ein solches Angebot konnte ich nicht ausschlagen. Zumal es doch nur für eine einzige Nacht war." „Und wer hat dann die übrigen Nächte um das Haus herumgespukt?", fragte ich ihn nachdrücklich, doch an seiner statt antwortete nun Holmes: „Jemand, den wir auch alle kennen. Und jemand, der heute Morgen nicht zugegen ist." – „Herr von Habicht?", fragte ich erstaunt. „Genau der", sagte Holmes. „Und woher wollen Sie das wissen?", fragte Söhnlein nun sehr interessiert. „Er hat es mir selbst gestanden", sagte Holmes. „Nachdem ich ihn mit allen Fakten konfrontiert hatte, sah er keinen Ausweg mehr, als endlich die volle Wahrheit zu sagen."

„Und wie sieht die aus?", wollte ich wissen. „Nun, ganz einfach", antwortete Holmes. „Von Habicht hat gewaltige Spielschulden – Sie wissen selbst aus unserem Erlebnis im Club, welche Folgen dies für unseren jungen Freund hatte. Nun also, unser junger Mann überlegte, wie er rasch zu Geld kommen könnte. Gerade in diesem Moment erzählte ihm die Haushälterin seiner Eltern – unsere junge Magdalene hier – eher zufällig davon, dass die Sektkellerei von Herrn Söhnlein ihren Betrieb vergrößern wollte. Ich nehme an, sie hat es von ihrem Verlobten hier erfahren", sagte Holmes, wobei er lächelnd auf Herrn Schmitt blickte. „Jedenfalls reifte bei Herrn von Habicht daraufhin der Plan, unserer verehrten

Dame hier" – er blickte dabei die Alte freundlich an – „ihr Grundstück billig abzukaufen, um es anschließend selbst teuer an Herrn Söhnlein weiterzuverkaufen. Doch wie konnte er die Besitzerin zu einem raschen Verkauf bewegen? Sicherlich nicht durch Argumente oder schöne Reden. Doch schon eher durch nackte Angst. Angst, wie sie eben ein Gespenst hervorrufen kann. Da kam ihm die Sage vom Schiersteiner ‚Eisenmännchen' gerade recht."

„Aber wer war denn nun das Gespenst, wenn nur in der einen Nacht Herr Schmitt in die Rolle geschlüpft ist?", fragte ich erneut. „Herr von Habicht selbst", antwortete Holmes: „Warum Mitwisser haben, wenn man den Fall leicht und ohne großen Aufwand selbst erledigen kann? Sie wollen jetzt sicher wissen, wie ich das herausgefunden habe. Nun, ganz einfach: Das ‚Eisenmännchen' hat Spuren hinterlassen – Stiefelspuren, die ganz eindeutig zu dem Schuhwerk unseres jungen Herrn aus Biebrich passten." – „Dann haben Sie den Schwächeanfall in der vorletzten Nacht also nur vorgetäuscht?", fragte ich überrascht. „Ja, es war die einzige Möglichkeit, einen Stiefelabdruck unseres jungen Freundes zu erhalten. Und voilà – der Abdruck im Matsch passte haargenau zu den Spuren, die ich schon am Nachmittag im Garten gefunden hatte. Der Besitzer dieses Stiefelpaares war also nicht zum ersten Male in diesem Obstgarten gewesen."

„Und warum wurde dann mein Mitarbeiter gedungen?", fragte Söhnlein gestrenge. „Als Alibi", erwiderte Holmes. „Von Habicht hatte über die Großnichte erfahren, dass der berühmte Sherlock Holmes sich des Falles angenommen hatte. Um von sich selbst abzulenken, heuerte er deswegen umgehend für eine Nacht Herrn Schmitt an und bot sich uns selbst scheinheilig als Hilfe an. Er wusste von Schmitts Wunsch, Magdalene zu ehelichen, und bot ihm dafür viel Geld. Und um Herrn Schmitt anschließend die unerkannte Flucht zu ermöglichen, hat er dann geschickt unsere Pläne durchkreuzt." – „Dann war das alles also ein abgekartetes Spiel? Der Kampf im Dunkeln war nur gestellt, die Verletzung nur vorgetäuscht?", rief ich empört aus. „Jetzt wird mir auch klar, warum sich Herr von Habicht nach dem Schlag mit der Kette nicht von mir untersuchen lassen wollte. Die ganze Geschichte war von A bis Z fingiert, die Rauferei nur gespielt."

„Genau so ist es", lächelte Holmes. „Nur dass unser Herr Schmitt dabei sein Taschenmesser verlor. Das hatte Herr von Habicht wohl nicht in seinen Plan mit einbezogen." – „Und so fiel Ihr Verdacht auf meine Kellerei?", fragte Herr von Söhnlein irritiert. „Nur auf Herrn Schmitt", antwortete Holmes. „Nach Ihrem lautstarken Streitgespräch habe ich mir erlaubt, Herrn Schmitt ein wenig zu beschatten. Und wohin führte sein Weg nach der Arbeit? Direkt nach Biebrich, in die Arme von unserem Fräulein Magdalene. Nun, ich mache es kurz: Ich stellte beide zur Rede, legte alle meine Erkenntnisse auf den Tisch, und die anschließende Aussprache gab letzte Klarheit. Die Ergebnisse kennen Sie bereits. Fräulein Magdalene gab mir immerhin noch den Tipp, wo ich Herrn von Habicht treffen könne – eben in einem geheimen Spielclub. Und dieser Tipp, mein lieber Watson, hat uns ja ein weiteres abendliches Abenteuer beschert."

„Ich habe genug gehört", blitzte Söhnlein uns in diesem Augenblick kampfeslustig an. „Ich informiere auf der Stelle die Polizei. Mir scheint, Herr von Habicht treibt ein kriminelles Spiel, und ich bin nicht bereit, dies eine Minute länger hinzunehmen." Er griff nach der Klingel, um den Büroboten zu rufen, doch Holmes legte ihm begütigend die Hand auf den Arm. „Ich bin sicher, wir können dies auch ohne Polizei regeln", sagte er in einem beschwichtigenden Tonfall, den ich aus anderen Abenteuern bereits kannte. „Ich gebe Ihnen mein Ehrenwort, dass Herr von Habicht hier keine weitere kriminelle Handlung begehen wird." – „Aber woher wollen

Sie das wissen?", fragte Söhnlein wenig überzeugt. „Von ihm selbst", antwortete Holmes. „Sehen Sie, ich habe ihn gestern Abend noch zur Rede gestellt und ihm seine Verfehlungen direkt auf den Kopf zugesagt. Er versuchte noch ein paar Ausflüchte, aber ich konnte ihm den Hergang der Ereignisse so genau schildern, dass alles Leugnen letztlich zwecklos war. Nun, Herr von Habicht hat Besserung gelobt – und zwar eine sofortige. Da er seine ‚Ehrenschuld' im Spiel – die, wie ich glaube, sowieso nur durch ein Falschspiel seiner so genannten ‚Freunde' zustande gekommen ist – nicht begleichen kann und will und auch die Folgen seines kriminellen Treibens eingesehen hat, zieht er es vor, sich weit weg von hier zu begeben. Während wir hier reden, befindet er sich bereits auf dem Weg nach Bremerhaven, um sich von dort nach Deutsch-Südwestafrika einzuschiffen. Wie Sie wissen, hat das Reich dort seit kurzem eine neue Kolonie, die zum Aufbau tüchtige junge Männer in der Verwaltung benötigt. Ich habe gestern Nacht noch mit Herrn von Habichts Vater gesprochen, der den Gouverneur persönlich kennt und ein entsprechendes Empfehlungsschreiben ausgestellt hat. Ich bin mir sicher, dass der junge Herr von Habicht dort sein Glück finden wird – und dafür hoffentlich ein für alle Mal die Finger vom Glücksspiel lässt, das ihn hier in eine derart unangenehme Situation gebracht hat."

Herr Söhnlein schaute zunächst ernst, dann jedoch mit zunehmendem Wohlwollen auf Holmes. „Ich muss Ihnen gratulieren", sagte er. „Ich bin erstaunt, wie Sie nicht nur einen hoffnungslos komplizierten Fall gelöst haben, sondern auch das nötige Feingefühl im Umgang mit den bemitleidenswerten Tätern aufbringen. Erlauben Sie mir nun, dass ich meinen Teil zur Lösung des Falles beitrage." Und ehe wir uns versahen, hatte er der alten Fischersfrau nicht nur einen höchst ansehnlichen Preis für ihr Haus und ihr Grundstück geboten, sondern ihr als Ausgleich auch ein kleines Haus mit

Blick auf den Hafen im Herzen Schiersteins in Aussicht gestellt. Herr Schmitt konnte sich zugleich über eine kräftige Erhöhung seines Lohnes freuen, die es ihm ermöglichte, in Kürze einen Hausstand zu gründen und die blondgelockte Magdalene zu ehelichen.

Im allgemeinen Freudentaumel zupfte Holmes mich am Ärmel, und diskret verließen wir die plötzlich so beschwingte Runde im Kontor der Sektkellerei. Eine Droschke brachte uns einmal mehr zurück in unser Wiesbadener Hotel. Eines war mir freilich noch immer nicht klar. „Woher wussten Sie, dass Herr von Habicht ein Spieler war?“, fragte ich Holmes, während links und rechts die ersten Häuser der Kurstadt auftauchten. „Ganz einfach“, sagte Holmes. „Haben Sie seine Krawattennadel und seine Manschettenknöpfe bemerkt? Ein Hufeisen als Krawattennadel und Kleeblätter als Manschettenknöpfe. Alles Attribute, die auf einen passionierten Spieler hindeuten – und wie sich gezeigt hat, zu Recht.“ Beschämt schwieg ich. Dass ich darauf nicht gekommen war! Zugleich hatte ich das unbestimmte Gefühl, dass das ‚Eisenmännchen‘ noch in hundert Jahren die Leute in Schierstein beschäftigen würde – sei es nun als Sage oder in der Realität.

Den rastlosen Geist von Holmes hingegen schien das Abenteuer bereits nicht mehr sonderlich zu beschäftigen. Er dachte wohl bereits voller Vorfreude an die Probe von Jahrgangssekten, zu der ihn Herr Söhnlein zuvor eingeladen hatte, und an die fast unausweichlichen Gespräche über die Leitmotive in Wagners „Rheingold“. Und wie zum Resümee unserer Abenteuer im Obstgarten der alten Fischersfrau summte er leise die Melodie des herrlichen, der Göttin Freia zugedachten ‚Jugend-Motivs‘: „Gold’ne Äpfel wachsen in ihrem Garten, sie allein weiß die Äpfel zu pflegen; der Frucht Genuss frommt ihren Sippen, zu ewig nie alternder Jugend.“

Sherlock Holmes und das Geheimnis des Salonmusikers

Zu den bemerkenswertesten Eigenschaften Holmes' gehörte neben seinen kombinatorischen Fähigkeiten und dem naturwissenschaftlichen Forscherdrang zweifelsohne seine große Liebe zur Musik. Häufig war ich in den Genuss eines *concert privé* in unseren Räumen in der Baker Street gekommen, wenn mein Mitbewohner in einer Anwandlung von Melancholie zu seiner Stradivari gegriffen hatte und etwa Schumanns Sonaten oder gar einige Takte Beethoven intonierte. Und in einem bemerkenswerten Kriminalfall, dessen wahrer Umfang von der Presse damals auf Betreiben der Polizei nicht zur Gänze bekannt gemacht wurde, hat die amateurhafte Liebe Holmes' zur Musik sogar dazu beigetragen, ein höchst eigenartiges Verbrechen aufzuklären.

Der Fall datiert in die Zeit unseres Wiesbadener Aufenthalts in den 1880er Jahren, als Holmes das merkwürdige Ende des russischen Großfürsten und den Spuk des geheimnisvollen „Eisenmännchens" aufgeklärt hatte. Er begann damit, dass wir eines Nachmittags in einem Raum des Kurhauses saßen, um der musikalischen Darbietung eines Salonorchesters zu lauschen. Holmes konnte für gewöhnlich den seichten Aufführungen populärer Salonstücke wenig abgewinnen, doch erreichte ich es an diesem verregneten Tag, ihn mangels einer ansprechenden Alternative schließlich dazu zu überreden. Schon seit Tagen war dieses Konzert durch Aushänge und Plakate groß angekündigt worden, denen zufolge es sich um die „Concert-Darbietung" des angeblich „hervorragenden Newski-Orchesters aus Sankt Petersburg" mit

Charakterstücken von Glinka, Borodin, Mussorgski und Rimski-Korsakow handelte, das nun eine Woche lang jeden Nachmittag stattfinden sollte. Wie ich an der Rezeption unseres Hotels erfuhr, stand die Premieren-Vorstellung aufgrund einer verzögerten Anreise aus Russland zwar zunächst zur Disposition, doch kam das Ensemble schließlich gerade noch rechtzeitig mit dem Zwei-Uhr-Zug in Wiesbaden an, um sogleich ins Kurhaus expediert zu werden und pünktlich mit dem Konzert beginnen zu können.

Etwa hundert Gäste, darunter zahlreiche russische Kurgäste, mochten sich versammelt haben, um der Aufführung des vorab so prominent beworbenen kleinen Ensembles zu lauschen. Und die Reklame war in diesem Fall sicherlich einmal nicht übertrieben. Selten habe ich etwas so Schönes und Zu-Herzen-Gehendes, aber auch Melancholisches und Fremdländisches gehört wie die Stücke der national-romantischen russischen Komponisten. Holmes' Aufmerksamkeit schien hingegen mehr den Musikern als den Stücken zu gelten. Was genau sein Interesse auf sich zog, blieb mir zunächst allerdings verborgen. Ich stellte nur fest, dass der so musikliebende Holmes diesmal von etwas anderem gefesselt zu sein schien als von den Werken Borodins und Glinkas. Ich sah die hervortretenden Adern an seinen Schläfen und wusste, dass er offenbar Probleme von großer Tragweite wälzte.

Um was es sich handelte, verriet er mir erst bei unserem Abendessen im Hotel. „Ich danke Ihnen für Ihre gute Idee. Unser kleiner Ausflug heute Nachmittag war höchst anregend für meine Gedanken", begann Holmes das Gespräch. „Wie Sie wissen, ist mein Gehirn stets auf der Suche nach Problemen, mit denen es sich beschäftigen kann. Nun, dieses Orchester hat mir einiges an Rätseln aufgegeben." – „Zum Beispiel?", fragte ich neugierig. „Erinnern Sie sich an den Bassisten?", fragte Holmes. „Ich bin mir sicher, dass er kein gebürtiger Russe ist, sondern Franzose. Und ich glaube auch mit Bestimmtheit sagen zu können, dass er erst seit wenigen Tagen bei dem Orchester ist." – „Aber woher wollen Sie das wissen? Er hat doch kein Wort gesagt", fragte ich erstaunt. „Seine Nationalität zu ermitteln, ist vergleichsweise trivial", sagte Holmes mit blitzenden Augen. „Haben Sie die kleinen Edelsteine in seiner Krawattennadel bemerkt? Ein Saphir, ein Diamant, ein Rubin. Blau, Weiß und Rot. Unzweifelhaft die Farben der Trikolore. Wer anderes als ein nationalstolzer Franzose sollte diese Farben tragen – erst recht hier auf deutschem Boden? Letzte Gewissheit aber gaben mir seine goldenen Manschettenknöpfe in Form einer Biene, dem Wappentier der Bonapartes – unzweifelhaft handelt es sich hier um einen Verehrer des großen Napoleon. Und was die kurze Zugehörigkeit zum Orchester angeht: Haben Sie gemerkt, wie unsicher seine Einsätze waren? Wie häufig ihn der Dirigent direkt und auffordernd angeblickt hat? Ein gut eingespieltes Ensemble-Mitglied hätte diese Aufmerksamkeit gewiss nicht nötig." Ich blickte Holmes erstaunt an. Tatsächlich, als er es sagte, da fiel es mir auch wieder ein. Aber während des Konzerts war ich so gefesselt von der Musik, dass mir nicht einmal ein verpatzter Einsatz störend aufgefallen war.

„Noch interessanter ist aber der Cellist", fuhr Holmes fort. „Auch er scheint noch nicht lange beim Orchester zu sein, wenn auch deutlich länger als unser Bassist. Aber auch er schien nicht perfekt eingespielt, und er spielte in einer äußerst merkwürdigen Weise – geradezu gehemmt, vorsichtig und fast ungeschickt. Und was dabei noch merkwürdiger ist: Sein Instrument hat unten keinen Stachel, wie es moderne Celli besitzen. Der Mann hielt das Instrument vielmehr zwischen seinen Knien – ganz so, wie man es im letzten und vorletzten Jahrhundert getan hat. Haben Sie gemerkt, wie er förmlich versuchte, sich hinter seinem Notenständer zu verbergen?" – „Jetzt, da Sie es sagen, fällt mir seine etwas angespannte Körperhaltung auch auf. Aber wollen Sie etwa sagen, dass der Cellist verbergen wollte, ein altes Instrument zu spielen?“, fragte ich. „Es hat ganz diesen Anschein“, schmunzelte Holmes. „Aber warum denn bloß?“, fragte ich irritiert. „Es ist doch nichts Ehrenrühriges daran, ein altes Instrument zu spielen.“ Holmes’ Lächeln wurde breiter. „Eben aus diesem Grund verwundert mich sein Verhalten ja so. Aber vielleicht haben wir ja morgen beim nächsten Konzert, das ich gern wieder mit Ihnen zusammen besuchen würde, die Gelegenheit, dieses Rätsel zu lösen.“

Eine Chance zur Aufklärung zumindest einiger Fragen sollte sich jedoch noch schneller ergeben, als wir gedacht hatten – wenn auch unter anderen Umständen als geplant. Wie es der Zufall wollte, logierte der Dirigent des Orchesters, Herr Michail Sergejewitsch Tschebyscheff, als Ehrengast in unserem Hotel und fand sich an der Table d’hôte als unser Tischnachbar ein – ein kleiner, nervöser, höchst erregbarer Mann mit runder Nickelbrille und einem zotteligen Kinnbart, der sein Temperament an diesem Tag nur mühsam im Zaum zu halten schien. Holmes verstand es, mit einigen freundlichen Bemerkungen über die russische Kultur und Geschichte, in der er sich bemerkenswert gut auskannte, bei Herrn Tschebyscheff zumindest eine freundliche Grundstimmung zu erzeugen, bevor er auf sein eigentliches Anliegen – nämlich den Cellisten – zu sprechen kam.

Doch genau dieses Thema brachte den armen Tschebyscheff erneut in Rage. „Nichts als Ärger hat man mit diesem Orchester“, echauffierte er sich in bestem Französisch. „Seit Wochen eine einzige Pechsträhne. Stellen Sie sich das einmal vor: Zunächst hat unser langjähriger Cellist in Kiew einen Unfall. Was sage ich, Unfall! Besoffen gewesen ist er. Sternhagelvoll. Stürzt auf dem Heimweg und bricht sich beide Arme. Als Cellist! Und normalerweise trinkt er auch sehr wenig. Jedenfalls treibe ich mit viel Glück in Moskau einen passablen Ersatz für ihn auf. Und dann, wenig später, in Petersburg, geht mir der Bassist von der Fahne. Hat angeblich ein besseres Engagement gefunden. Nun versuchen Sie einmal, auf die Schnelle einen Bassisten aufzutreiben! Bei solch einem ausgefallenen Instrument. Aber auch das ist mir schließlich gelungen – manchmal braucht man einfach Glück. Genauso wie beim nächsten Problem: Die Grenzpolizei hält uns so lange auf, dass der Zug ohne uns abfährt und wir beinahe unser Engagement hier in Wiesbaden verpassen. Mit fast einem Tag Verspätung kommen wir an. Direkt vom Bahnhof aus sind wir in den Konzertsaal geeilt. Das war Rettung in letzter Minute. Aber das Spiel war mäßig, äußerst mäßig. Lefevre, der Bassist, die ganze Zeit unkonzentriert, und Krassin, der Cellist, zaghaft und mit einem anderen als seinem gewohnten Instrument. Weiß der Teufel, wer ihm das untergeschoben hat. Sicherlich ein Fehler bei der Bahn. Wir kamen ja direkt vom Zug. Zumindest war er völlig konsterniert und blieb weit hinter seinen spielerischen Möglichkeiten. Aber das Schlimmste kommt noch: Heute Morgen sind plötzlich beide verschwunden. Zu unserer Probe gegen 10 Uhr tauchten Krassin und Lefevre einfach nicht auf. In ihren Quartieren sind sie nicht – ich habe sogleich jemanden losgeschickt, um nach ihnen zu fragen. Auf das Klopfen haben sie nicht reagiert. Niemand weiß, wo sie abgeblieben sind. Und in kaum drei Stunden ist die nächste Aufführung. Was soll ich denn nur machen, wenn mir zwei wichtige Musiker fehlen?"

Holmes blickte Tschebyscheff freundlich an. „Zum Glück haben Sie den richtigen Mann gefragt. In aller Bescheidenheit möchte ich bemerken, dass es mir in dem einen oder anderen Fall bereits gelungen ist, den Verbleib verschwundener Personen aufzuklären. Und als großer Liebhaber der Musik wäre es mir eine besondere Freude, Ihnen in dieser Angelegenheit behilflich zu sein." Der Russe schien sein

Glück kaum fassen zu können, umarmte Holmes mehrfach und murmelte bewegte Dankesworte. Holmes ließ diesen Gefühlsausbruch lächelnd über sich ergehen, um dann in geschäftsmäßigem Ton Tschebyscheff nach weiteren Details zu befragen. So erfuhren wir, dass die übrigen Orchestermitglieder verteilt auf zwei kleine Hotels in der Stadt untergekommen waren. Leo Krassin – so hieß der verschwundene Cellist – hatte ein Mansardenzimmer in der kleinen Pension Friedrich in der Langgasse erhalten, während der ebenfalls verschwundene Bassist Louis Lefevre in der nahe gelegenen Pension Schöller untergekommen war.

„Nach einem guten Essen soll man sich ja etwas Bewegung verschaffen, nicht wahr, mein lieber Doktor?“, sagte Holmes zu mir. „Hätten Sie nicht Lust auf einen kleinen Ausflug hin zur Pension Schöller und zur Pension Friedrich?“ Da ich mittlerweile äußerst gespannt auf den Fortgang dieses kleinen, interessanten Abenteuers war, sagte ich mit Freude zu. Wir brauchten nicht einmal weit durch die Gassen der Altstadt zu laufen, bis wir unser erstes Ziel, die Pension Schöller, erreicht hatten. Ein schäbiges Etablissement war es, allenfalls zweitklassig, und vom Luxus unseres Domizils meilenweit entfernt. Unter dem Vorwand, dass wir zwei nahe Freunde von Lefevre seien, baten wir den Portier, uns zum Zimmer des Bassisten zu führen. Brummend und schlurfend ging der Mann uns voran – drei Stockwerke hinauf, bis unter das Dach. Wie erwartet, öffnete auf unser Klopfen niemand. Aber ein diskret überreichtes Trinkgeld von Holmes brachte den Portier dazu, uns die Tür aufzuschließen.

Ich hätte in diesem Augenblick mit allem Möglichen gerechnet, aber nicht mit dem Anblick, der sich uns bot. Man sah nämlich – gar nichts. Kein Hut, kein Mantel, kein Koffer – absolut nichts deutete auf einen Bewohner hin. Das Bett war offensichtlich unberührt, der Kleiderschrank leer. Holmes blickte den Portier fragend an: „Sind Sie sicher, dass dies das Zimmer von Herrn Lefevre ist?“ – „Absolut sicher, mein Herr. Ich habe es ihm persönlich zugeteilt.“ – „Und wie ist es dann möglich, dass Ihr Gast einfach so abhandenkommt?“ – „Das kann ich mir beim besten Willen nicht erklären. Und vor allem verstehe ich nicht, wie ein Gast mit Koffer und großem Kontrabass einfach das Haus verlassen kann.“ – „Dann erläutern Sie uns doch bitte im Detail“, mischte ich mich gereizt ein, „wann Sie Herrn Lefevre zuletzt gesehen haben und ob Ihnen irgendetwas Merkwürdiges aufgefallen ist.“

Der Portier überlegte lange, bevor er schließlich bedächtig antwortete: „Herr Lefevre kam gestern gegen 6 Uhr abends hier an, zusammen mit drei anderen Musikern seines Orchesters. Sie kamen in einer Droschke, und sie hatten ihre Instrumente bei sich. Ihre Koffer waren zuvor schon vom Bahnhof hierher expediert worden. Ich habe die Herren in Empfang genommen und ihnen die Zimmerschlüssel gegeben. Drei der Musiker sind gegen 7 Uhr wieder heruntergekommen und in die Stadt gegangen, ‚um etwas zu erleben‘, wie sie sich ausdrückten. Herr Lefevre kam gegen 7.30 Uhr hinunter – in Hut und Mantel, und mit seinem großen Instrumentenkoffer. Wohin er ging, hat er nicht gesagt – vielleicht wollte er noch irgendwo ein wenig spielen. Gegen 11 Uhr abends ist er dann zurückgekommen. Ich habe ihm den Schlüssel ausgehändigt, und er ist die Treppe hinaufgegangen. Mehr kann ich Ihnen nicht sagen, da mein Dienst wenig später endete.“ – „Und da der Schlüssel nicht wieder am Platz hängt, gingen Sie bis eben davon aus, dass Lefevre noch in seinem Zimmer ist?“, fragte ich fassungslos. Auch Holmes schien verärgert. „Und wenn ein Gast anschließend noch ins Haus möchte – oder hinaus?“, fragte er scharf. „Für ganz späte Gäste gibt es eine Nachtglocke. Und wenn wirklich jemand in der Nacht das Haus verlassen will, dann gibt es da noch den Dienstboteneingang …“ – „Ja sind Sie denn nicht beunruhigt darüber, dass einfach ein Gast bei Ihnen verschwindet?", fragte ich zunehmend bestürzt. „Ach, ich bitte Sie!", antwortete der Mann seelenruhig. „Es wäre nicht das erste Mal, dass ein Logiergast für eine oder zwei Nächte verschwindet. Meist findet er sich rasch wieder ein – spätestens, nachdem er sein ganzes Geld in zwielichtigen Lokalen gelassen hat. Aber da das Orchester die Miete im Voraus bezahlt hat, ist uns hier kein materieller Schaden entstanden – selbst wenn das Zimmer noch tagelang leer steht." Verblüfft blickten Holmes und ich uns an. Eine solch nachlässige Haltung hatten wir nicht für möglich gehalten – andererseits war dies wohl die Erklärung dafür, dass das Verschwinden des Bassisten hier bisher überhaupt keine Aufmerksamkeit erregt hatte.

„Lassen Sie uns nun rasch zu dem Cellisten gehen", raunte Holmes mir zu. Doch noch ehe wir die wenigen Schritte zu dessen Pension zurücklegen konnten, hielt eine Droschke vor der Tür. Der Schlag öffnete sich – und heraus stieg unser Freund, Inspektor Cornelius, dem Holmes im Fall des ermordeten Großfürsten bereits unschätzbare Dienste erwiesen hatte. Seinen Mund hatte er zu einem breiten Lächeln verzogen, doch seine hellen blauen Augen blickten ernst. „Es ist gut, dass ich Sie so schnell finde. In Ihrem Hotel sagte man mir, dass ich Sie hier antreffen könne. Bitte kommen Sie rasch mit mir mit. Ich habe hier einen höchst ungewöhnlichen, geradezu mysteriösen Fall, der sicherlich für Sie von großem Interesse ist. Wenn Sie eine oder zwei Stunden erübrigen können, wäre ich höchst erfreut, wenn Sie mich begleiten würden." Angesichts des Versprechens, das wir beide Herrn Tschebyscheff gegeben hatten, und angesichts des noch immer ungeklärten Verschwindens der beiden Musiker rechnete ich fest damit, dass Holmes mit Bedauern höflich absagen würde. Doch irgendwie schien Cornelius so etwas zu ahnen, denn ehe wir antworten konnten, schob er nach: „Sie sind doch Musikliebhaber, soviel ich weiß. Dann wird Sie das Verbrechen, das hier verübt wurde, erst recht interessieren."

Kaum eine Aussage hätte so elektrisierend sein können. Bereitwillig ließen wir uns von Cornelius in die wartende Droschke komplimentieren, und in eiliger Fahrt ging es in Richtung Rheinbahnhof, dessen Gleisen wir schließlich folgten. Rasch gelangten wir auf freies Gelände, wo wir nach kurzer Fahrt über einen Feldweg neben der Bahnstrecke an einem Holunderbusch stoppten. Entschlossen ging Cornelius uns voran, bis wir vor einem großen, dunklen, geschwungenen Behältnis anhielten – offensichtlich ein Instrumentenkoffer. Von der Größe her tippte ich sofort auf einen Kontrabass. Mit einer knappen, energischen Handbewegung gebot Cornelius dem Wache stehenden Schutzmann, den Koffer zu öffnen. Schaudernd blickte ich auf den Inhalt: Wo einst ein teures Instrument seinen Platz gefunden haben mochte, lag jetzt ein zusammengekrümmter kleiner Mann mit wirren grauen Haaren, der uns aus weit aufgerissenen, aber seltsam verdrehten leblosen Augen anzustarren schien. Er trug einen billigen, abgestoßenen Anzug und schäbige Schuhe, an denen noch der Matsch des Feldweges klebte.

„In der Tat, höchst bemerkenswert", hörte ich Holmes leise murmeln, der sich von dem schrecklichen Anblick offensichtlich keine Sekunde lang aus der Ruhe bringen ließ. „Mein lieber Cornelius, Sie haben nicht zu viel versprochen. Einen Toten im Instrumentenkoffer sehe ich zum ersten Mal. Sie haben gut daran getan, uns zu rufen. Der Fall ist in der Tat ungewöhnlich – wenn auch nicht gänzlich ohne Vorbild. Denken Sie etwa an den ermordeten Schuster Dallavalle aus Neapel im Jahr '79, den ein Reedereimitarbeiter im Hafen von New York rein zufällig in einem geborstenen Überseekoffer fand. Oder an den armen französisch-syrischen Teppichhändler Michèl, dessen mumifizierte Leiche man erst nach Jahren eingewickelt in einem herrlichen, dreihundert Jahre alten Täbris in einem Lagerhaus fand. Ich habe damals zwar der Polizei in Marseille aufgrund der Indizien einen deutlichen Hinweis gegeben, doch hat man diesem offenbar nicht genügend Beachtung geschenkt und die Nachforschungen schließlich eingestellt. Aber ich bin mir sicher", und dabei blickte er Cornelius harmlos lächelnd an, „dass die Polizei im Deutschen Reich effektiver zu arbeiten versteht als in Südfrankreich."

Der arme Cornelius hatte zwar offensichtlich von den Fällen, die Holmes erwähnte, noch nie etwas gehört, fühlte sich aber nun bei seiner Berufsehre gepackt. „Selbstverständlich haben wir sofort den Tatort weiträumig absperren lassen, Mr. Holmes", erklärte er förmlich. „Wir wollten vor Ihrem Eintreffen so wenige Spuren wie möglich verwischen. Lediglich der Polizist hier, einer meiner Mitarbeiter und ich haben das Gelände bisher betreten. Und natürlich der Streckenwärter, der den Koffer gefunden hat – übrigens ganz versteckt in einem Graben neben den Gleisen. Reiner Zufall, dass ihn der Bahnbeamte an dieser Stelle gefunden hat, da er auf dem Weg war, eine defekte Weiche zu inspizieren. Wir haben den Mann bereits eingehend vernommen." – „Ausgezeichnet, Herr Cornelius", lächelte Holmes. „Ich habe es von Ihnen nicht anders erwartet. Und auch der gestrige Regen kommt uns gut zustatten, denn der Boden ist weich. Mit Ihrer Erlaubnis werde ich mir die Umgebung nun ein wenig näher ansehen. Und Sie, lieber Watson, können mir sicherlich den Gefallen tun, genau zu ermitteln, wann für unseren Mann im Bass-Kasten das letzte Requiem erklungen ist."

In seiner bewährten Art inspizierte Holmes den Tatort minutiös. Er besah sich haarklein den Instrumentenkoffer, öffnete und schloss den Deckel, beugte sich dann tief auf den weichen und teilweise matschigen Erdboden hinab, betrachtete interessiert die zahlreichen Fußabdrücke und verfolgte schließlich sehr genau die sich abzeichnenden Fußspuren. Ich hatte mittlerweile mit Hilfe des Gendarmen den Toten aus dem Koffer herausgehoben, was sich erstaunlich leicht bewerkstelligen ließ, denn der magere und kleine Mann war leicht wie eine Feder. Anhand der Merkmale, die ich an der Leiche feststellen konnte, schätzte ich die Todeszeit auf etwa 10 Uhr abends des Vortages. Holmes hatte sich mittlerweile von unserer Gruppe entfernt und lief, den Blick fest auf den Boden gerichtet, die Gleise entlang. Es dauerte geraume Zeit, bis er sich bei unserer Gruppe wieder einfand. Er lächelte. „Lieber Cornelius, die Spuren liegen vor mir wie ein aufgeschlagenes Buch. So viel steht bereits fest: Der Tote kam zu Fuß hierher, ebenso wie sein Mörder. Die beiden waren offenbar hier verabredet. Der Mörder trug diesen Bass-Kasten mit sich, der Ermordete eine kleine Tasche – etwa im Format eines Arztkoffers. Sie sprachen kurz miteinander. Dann erwürgte der eine den anderen, legte ihn in den Kasten und schob diesen in den Graben neben den Schienen. Anschließend entfernte er sich, so schnell es ging."

„Aber das ist doch absurd", rief ich aus. „Warum läuft jemand mitten in der Nacht mit einem Kontrabass-Kasten in dieser gottverlassenen Gegend die Gleise entlang, um einen Mann zu ermorden und ihn dann in diesen Kasten zu legen?"

„Auf den ersten Blick wirklich absurd, da gebe ich Ihnen Recht. Aber halten Sie sich bitte Folgendes vor Augen: Der Mörder trug schwer an seinem Bass-Koffer. Das zeigen mir die Fußabdrücke, als er in Richtung des Treffpunktes lief. Zweimal hat er außerdem den Koffer abgesetzt – er war also nicht leer, sondern mit etwas Schwerem gefüllt. Und auch auf dem Rückweg hat der Mörder offenbar etwas Schweres transportiert, denn die Fußeindrücke sind ähnlich tief wie auf dem Hinweg. Eine kleine Strecke scheint er sogar gerannt und dabei beinahe ausgeglitten sein, das erkennt man an verschmierten Spuren im Matsch. Dabei scheint er sogar einmal die kleine Tasche fallen gelassen zu haben. Ich konnte die Spuren bis zur Straße hin verfolgen, doch auf dem Pflaster kann selbst ich nichts mehr erkennen."

„Aber das klingt ja noch verrückter", sagte ich. „Wollen Sie andeuten, dass der Mann seinen Kontrabass ohne Kasten den ganzen Weg zurück zur Stadt geschleppt hat? Und das noch im Laufschritt? Etwas Auffälligeres ist ja wohl kaum vorstellbar, erst recht für einen Mörder." – „Ich bin mir sicher, dass es kein Kontrabass war, den der Mörder mit sich führte", schmunzelte Holmes. „Aber was denn dann?", fragte Cornelius ungestüm. „Das kann ich leider noch nicht beantworten", sagte Holmes. „Aber was ich mit Gewissheit sagen kann, ist, dass der Mörder ein großer, kräftiger Mann ist. Er trägt elegante Stiefeletten in Schuhgröße 9. Es gibt zumindest Anzeichen dafür, dass er direkt oder indirekt mit Russland in Kontakt gekommen ist." – „Russland?", fragte ich, hellhörig geworden. „Denken Sie etwa an unseren Bassisten aus dem gestrigen Konzert? War der nicht auch groß und kräftig?" Holmes lächelte. „Das ist in der Tat richtig. Aber ist es nicht ein wenig zu früh, Monsieur Lefevre für einen Mörder zu halten? Nur, weil er Bassist und seit heute Morgen verschwunden ist? Möglich, aber nicht zwingend. Sie wissen, dass ich mir erst ein Urteil erlaube, wenn ich alle Fakten kenne oder zumindest alle unwahrscheinlichen Dinge ausgeschlossen habe. Und in diesem Fall weiß ich nur, dass in dem Kontrabass-Kasten hier eine kleine Marke klebt – offenbar das Firmenschild eines russischen Instrumentenbauers. Doch was beweist das? Er könnte eine Reparatur an dem Kasten oder auch an dem Instrument vorgenommen haben. Oder der Kasten könnte der Ersatz gewesen sein für einen bereits verschlissenen Koffer, der auf einer Reise beschädigt worden ist. Und gebrauchte Kästen wie dieser sind in jeder größeren Stadt zu bekommen. Sein Besitzer kann ihn überall herhaben. Ja, er muss nicht unbedingt einmal selbst in Russland gewesen sein." Ich muss Holmes wohl arg enttäuscht angeblickt haben, denn lachend versicherte er mir: „Nun, Ihre Theorie ist immerhin nicht ganz von der Hand zu weisen, mein lieber Watson. Aber da Lefevre nun einmal fort ist, können wir ihn nicht ohne Weiteres befragen, sondern müssen uns nach anderen Spuren umsehen."

„Aber was sollen wir denn jetzt tun?", fragte ich. „In dieser Angelegenheit eigentlich nicht allzu viel", entgegnete Holmes. „Aber ich finde, wir sind in diesem Fall auch so schon recht weit. Herr Cornelius, Sie haben einen Toten, dessen Identität Sie sicherlich schnell ermitteln werden. Sie haben meine Beschreibung des Tathergangs. Sie haben die ungefähre Tatzeit. Und Sie haben eine grobe Beschreibung des Mörders, die für einen Steckbrief reichen sollte." – „Aber Sie werden doch jetzt Ihre Hände nicht in den Schoß legen wollen?", fragte ich weiter. „Nein, ganz gewiss nicht", sagte Holmes und blickte auf seine Taschenuhr. „Aber denken Sie an den armen Tschebyscheff, dem wir noch einen Gefallen schuldig sind. Sein Konzert heute wird sicherlich ausfallen müssen, oder er muss mit kleiner Besetzung spielen. Jedenfalls sollten wir rasch versuchen, den Verbleib seiner zwei Musiker zu klären."

Gesagt, getan. Cornelius ließ auf dem Weg zu seiner Dienststelle die Droschke einen kurzen Umweg fahren, um uns zur Pension Friedrich zu bringen, wo der verschwundene Cellist untergekommen war. Cornelius versprach, einstweilen auch nach Lefevre forschen zu lassen und dann so rasch wie möglich wieder zu uns zu stoßen. Holmes schien zufrieden. Gemeinsam mit mir betrat er die Pension, die nur um weniges besser aussah als das Domizil des verschwundenen Bassisten. Ein mürrischer Hausdiener geleitete uns in den zweiten Stock, in dem sich das Zimmer des Cellisten befand. Wie erwartet, reagierte auf unser Klopfen niemand. Und auch diesmal half ein diskret überreichtes Trinkgeld dabei, Einlass in das Zimmer zu finden.

Was wir nun sahen, übertraf die Szenerie am Bahngleis noch um Längen. Da lag der arme Cellist tot am Boden – in einer Blutlache und mit einem Messer zwischen den Rippen. Dem Hausdiener entfuhr ein Stöhnen. „Rasch, laufen Sie zur Polizei“, rief Holmes ihm zu. „Benachrichtigen Sie Inspektor Cornelius. Sagen Sie ihm, es sei dringend. Höchste Eile ist geboten.“ Mechanisch reagierte der arme Kerl und wandte sich zur Tür. Ich hörte, wie er im Laufschritt die Treppen hinunter eilte. Holmes war selbst angesichts des grausigen Bildes, das sich uns bot, ganz kühl und professionell. „Gut, dass noch niemand das Zimmer vor uns betreten hat. So sind die Spuren taufrisch.“ In bewährter Manier sah er sich im ganzen Zimmer um, das völlig verwüstet war – wie nach einem Ringkampf. Minutiös inspizierte Holmes den Toten, um sich dann dessen persönlichen Sachen zuzuwenden. Mir schien die Suche im Zimmer des Ermordeten Stunden zu dauern, doch es waren allenfalls dreißig Minuten, die Holmes’ akribische Arbeit dauerte. „Holla, was ist dies?“, rief er schließlich aufgeregt und nahm ein Papier zur Hand, das auf den Boden gefallen war. Offenbar handelte es sich dabei um den Umschlag eines Telegramms, das der unglückliche Krassin vor seinem Tod erhalten hatte. „Das Telegramm selbst fehlt“, bemerkte Holmes knapp.

Mittlerweile war Inspektor Cornelius am Tatort eingetroffen, vom Hausdiener beflissen in das Zimmer geführt. Er schien wenig begeistert von der Entdeckung, die wir gemacht hatten. Der zweite Tote innerhalb weniger Stunden! „Irgendetwas Bemerkenswertes?“, fragte er Holmes brüsk. „In der Tat, mein lieber Cornelius“, antwortete dieser. „Zunächst einmal dieses Telegramm. Lediglich den Umschlag haben wir gefunden. Der Inhalt fehlt. Aber ich weiß auch schon, wie wir ihn herausbekommen – besser gesagt, wie Sie dies tun können.“ Cornelius sah ihn verdutzt an. „Natürlich über das Telegraphenamt. Sie müssen nur feststellen lassen, welche Nachricht an diese Adresse über den Ticker gelaufen ist. Als Repräsentant der deutschen Polizeibehörde dürfte Ihnen dies ein Leichtes sein – im Gegensatz zu mir, der ich nur ein einfacher englischer Tourist bin." Den letzten Satz hatte er in so bescheidenem Tonfall vorgebracht, dass wir unwillkürlich schmunzeln mussten ob dieser gespielten Zurückhaltung.

„Aber noch etwas anderes ist mir aufgefallen", fuhr Holmes fort. „Sehen Sie sich einmal das Instrument an, das dort in der Ecke des Zimmers liegt." Mechanisch drehten Cornelius und ich unsere Köpfe in die angezeigte Richtung. „Aber das ist ja ein Kontrabass!", entfuhr es uns fast gleichzeitig. Dass ich dies nicht schon viel früher bemerkt hatte! Aber ich war wohl so abgelenkt gewesen von dem Toten, der in merkwürdig verrenkter Pose auf dem Boden lag, dass ich nicht einmal mehr ein Cello von einem Bass unterscheiden konnte. Ruhig fuhr Holmes fort: „Und was noch viel bemerkenswerter ist: Es befindet sich kein Cello in diesem Raum. Und zu dem Bass dort hinten fehlt der Kasten."

Tatsächlich, Holmes hatte Recht! Jetzt wurde der Fall vollends mysteriös. Zunächst ein unbekannter Toter in einem Bass-Kasten an der Eisenbahnlinie. Dann ein ermordeter Cellist in seinem Hotelzimmer – ohne Cello. Dafür aber mit einem Kontrabass, zu dem wiederum der Kasten fehlte. War es der Kasten, in dem der andere Tote lag? Fast schien es, als wenn der oder die Mörder uns an der Nase herumführen wollten. Auch Cornelius schien verärgert. Solch einen Wirrwarr hatte er wohl in seiner ganzen Dienstzeit noch nicht erlebt. Einzig Holmes schien guter Dinge zu sein: „Für mich rundet sich allmählich das Bild. Vielleicht kann uns der Hausdiener bei der Aufklärung weiter behilflich sein." Und damit blickte er den schlaksigen Mann, der die ganze Zeit linkisch in einer Ecke gestanden und unser Gespräch verfolgt hatte, auffordernd an. Es brauchte freilich noch eine deftige

Ermahnung seitens Inspektor Cornelius', ehe der Hausdiener sein Schweigen aufgab und stockend berichtete:

„Herr Krassin kam mit ein paar anderen Musikern gestern Abend hier bei uns an. Die Zimmer waren bereits reserviert – eigentlich schon einen Tag zuvor, aber es hatte wohl irgendwelche Schwierigkeiten mit der Anreise gegeben. Jedenfalls kamen die Herren gegen 6 Uhr abends hier an und bezogen ihre Zimmer. Alle hatten ihre Instrumente dabei, Herr Krassin sein Cello. Was die nächsten Stunden passierte, weiß ich nicht genau. Ich kann nur sagen, dass gegen 8 Uhr ein Mann mit einem großen Instrumentenkasten das Hotel betrat. Der Koffer war noch größer als der eines Cellos. Der Mann war groß und breit und sprach gepflegtes Deutsch, allerdings mit französischem Akzent. Er fragte nach Herrn Krassin, ich nannte ihm die Zimmernummer, und er ging die Treppe hinauf. Ich vermute, dass die beiden zusammen üben wollten. Nach etwa einer Stunde kam er wieder herunter und verabschiedete sich eilig. Seither habe ich den Mann nicht wieder gesehen, und seither hat auch niemand anderes mehr das Zimmer betreten."

„Wenn die beiden zusammen geübt haben, dann haben Sie doch sicherlich Musik aus dem Zimmer gehört", sagte Holmes trocken. Der Hausdiener sah ihn überrascht an. „Jetzt wo Sie es sagen – das ist merkwürdig. Keinen Ton habe ich gehört. Dabei ist dies ein hellhöriges Haus. Na ja, vielleicht wollten die beiden gar nicht üben, sondern sich nur unterhalten." – „Und dafür schleppt der Besucher extra einen Kontrabass mit ins Zimmer?", fragte Holmes ironisch. „Glauben Sie denn etwa, dass der freundliche Besucher der Mörder war?", fragte der Hausdiener ängstlich, und Holmes nickte gravitätisch. Dann wandte er sich an Cornelius: „Um noch einen weiteren, glasklaren Hinweis zu geben: Wenn der Raum bis zu unserer Ankunft verschlossen war – wo befindet sich denn dann der Zimmerschlüssel, den Krassin besessen hat?“ In der Tat, das war eine berechtigte Frage. Im ganzen Zimmer war er nicht auffindbar gewesen. Holmes fuhr fort: „Ich gehe davon aus, dass niemand nach dem Mord das Zimmer betreten hat. Wenn der Schlüssel nun nicht mehr hier ist, das Zimmer aber verschlossen, dann bedeutet dies doch, dass der Mörder den Schlüssel mitgenommen und das Zimmer von außen abgeschlossen haben muss. Ist es nicht so? Und wenn der Bassist der Letzte war, der dieses Zimmer betreten hat, muss er der Mörder gewesen sein.“

Cornelius und ich blickten uns an. „Ich lasse mit Hochdruck nach Lefevre fahnden“, rief er aus. „Sehr gut“, sagte Holmes. „Wir müssen jetzt nur noch wissen, was in dem Telegramm gestanden hat. Und ich wäre Ihnen sehr verbunden, lieber Cornelius, wenn Sie ein paar Erkundigungen in Sankt Petersburg einziehen könnten.“ – „Erkundigungen welcher Art?“, fragte der mechanisch. „Ich habe Ihnen hier bereits die wichtigsten Fragen auf einen Zettel geschrieben“, sagte Holmes. Kabeln Sie rasch. Machen Sie den Behörden dort Druck. Je schneller wir die Informationen bekommen, desto besser. Und was Lefevres exakte Beschreibung angeht – die kann Ihnen sicherlich Herr Tschebyscheff geben, den Sie in unserem Hotel finden.“ Cornelius blickte noch immer etwas verdutzt auf das Stück Papier, das Holmes ihm gereicht hatte. Der aber blieb gelassen. „Bitte entschuldigen Sie uns für eine Weile, wir müssen heute noch andere Nachforschungen anstellen. Wir suchen Sie dann schnellstmöglich in Ihrem Büro auf.“

Mit offenem Mund blickte Cornelius uns an, doch dann gewann seine Energie die Oberhand über seine Verblüffung. Immer zwei Stufen auf einmal nehmend, rannte er die Treppen nach unten, um rasch die wartende Kutsche zu besteigen und eiligst in seine Dienststelle zu fahren. Holmes hingegen lenkte seine Schritte gezielt der Pension Schöller zu. „Was wollen wir denn dort wieder?", fragte ich verständnislos. „Ich habe eine Theorie, deren Wahrheitsgehalt ich prüfen will", entgegnete Holmes. Etwas anderes können wir augenblicklich nicht tun – die Dinge liegen jetzt ganz bei Cornelius und der Tüchtigkeit seiner Polizeibehörde. Aber mir fehlt noch ein wichtiges Teil des Puzzles. Drücken Sie mir daher die Daumen, dass der Portier von vorhin noch Dienst hat."

Tatsächlich fanden wir den so nachlässigen Portier der Pension Schöller nach wie vor auf seinem Platz. Offensichtlich war sein Dienst wenig fordernd, denn der Mann war auf dem Sessel in seiner Loge eingenickt. Holmes weckte ihn mit einem energischen Klingeln der Glocke, um ihn sogleich detailliert zu befragen. Es dauerte eine ganze Weile, bis der verschlafene Mann seine Gedanken beisammen hatte. Holmes bat ihn, seine vorhin geschilderten Beobachtungen noch einmal in allen Einzelheiten zu wiederholen, was er auch widerwillig tat. „Ist Ihnen nichts aufgefallen, als Lefevre abends zurückkehrte?", wollte Holmes wissen. „Hatte er noch eine zusätzliche Tasche dabei? Und hatte vielleicht sein Instrumentenkasten eine andere Form oder Farbe?" Der Portier sah ihn mit weit aufgerissenen Augen an. „Ja, Sie haben Recht. Jetzt, wo Sie mich gezielt darauf ansprechen, erinnere ich mich wieder. Sie scheinen ja ein Hellseher zu sein! Er trug in der Tat eine kleine Tasche bei sich. Und der Kasten sah tatsächlich anders aus – irgendwie kleiner. Und auch das Braun schien eine Spur heller zu sein. Aber ich mag mich auch täuschen, denn Herr Lefevre trug den Kasten so, dass er ihn die meiste Zeit mit seinem Körper verdeckte. Aber ist das denn überhaupt von Belang? Wollen Sie mich etwa in Schwierigkeiten bringen?" Holmes schenkte dem Portier ein gewinnendes Lächeln. „Nein, ganz im Gegenteil. Ich bin Ihnen sogar zu Dank verpflichtet. Mit Ihrer Aussage haben Sie mir sehr geholfen, Licht in eine dunkle Angelegenheit zu bringen. Und seien Sie versichert: In Kürze werden wir auch wissen, wo sich Ihr verschwundener Monsieur Lefevre jetzt aufhält."

„Holmes, woher wussten Sie, dass Lefevre einen anderen Koffer dabei hatte?", fragte ich neugierig, sobald wir die kleine Pension verlassen hatten. „Durch logisches Überlegen, Watson", antwortete Holmes selbstzufrieden. „Es war keine andere Möglichkeit denkbar. Der ganze Fall stand praktisch schon fertig vor meinem geistigen Auge. Ich bedurfte nur noch dieser Bestätigung, um die Indizienkette zu schließen." Ich staunte. Mir war der Fall nämlich noch alles andere als klar. „Dass Lefevre offenbar den armen Krassin umgebracht hat, steht ja wohl nun fest. Aber warum nur, das weiß ich beim besten Willen nicht. Und warum dieses Verwirrspiel um die Instrumente? Und was ist überhaupt mit dem Toten am Bahngleis? Wer will uns hier an der Nase herumführen?" „Das, mein lieber Watson, kann uns hoffentlich bald Inspektor Cornelius beantworten."

Cornelius war nicht in seinem Büro, hatte uns aber eine Nachricht dagelassen, dass er uns so rasch wie möglich in unserem Hotel aufsuchen würde. Also gingen wir zurück in unser Quartier, wo wir ein schnelles Abendessen einnahmen. Als Cornelius später am Abend endlich auftauchte, schien er vor guten Nachrichten förmlich zu platzen. „Mein lieber Mr. Holmes, Ihr Tipp mit dem Telegramm war Gold wert. Sie werden staunen, was wir herausgefunden haben." – „Ich vermute, die Identität des Ermordeten im Bass-Kasten", antwortete Holmes trocken. Cornelius stutzte. „In der Tat, so ist es. Mr. Holmes, Sie verblüffen mich immer wieder. Aber um auf den Toten zurückzukommen: Es handelt sich um Alexander Michail, einen Kunsthändler aus der Moritzstraße. Er führt sein Geschäft allein, und sein Laden ist sehr klein und völlig unscheinbar. Aber sein wahres Einkommen scheint er auf anderem Gebiet erzielt zu haben. Er steht im Verdacht, mit gestohlenen Kunstgegenständen zu handeln – und zwar in ganz großem Stil. Nachweisen konnten wir ihm allerdings bisher nichts ..." – „Bis heute", bemerkte Holmes trocken. „Ich darf annehmen, er wurde wegen eines wertvollen Musikinstruments ermordet."

Cornelius' wasserblaue Augen wurden bei dieser Bemerkung noch größer. „Hat man Ihnen eigentlich schon einmal gesagt, dass Sie Hellseher sein könnten?", fragte er, und bei dieser Bemerkung mussten Holmes und ich unwillkürlich schmunzeln. Cornelius ließ sich dadurch jedoch nicht weiter irritieren und fuhr fort: „In der Tat, es handelt sich um ein Musikinstrument. Genauer gesagt, um ein wertvolles Cello. Meine Anfrage in Sankt Petersburg war wie gesagt ein voller Erfolg. Vielen Dank an dieser Stelle für die wertvollen Hinweise, die Sie mir auf dem Zettel notiert hatten. Ich musste, wie Sie bereits vermutet hatten, mehrfach insistieren und die deutsche Botschaft einschalten, bevor ich eine Information erhielt. Aber die hat es in sich: Bei dem Instrument handelt es sich um ein wertvolles Stück des Geigenbau-Meisters Guarneri aus Cremona, vermutlich aus dem Jahr 1731. Es ist ein ganz seltenes Exemplar und trägt den Namen ‚Die schöne Cremoneserin'. Es war im Besitz des Großfürsten Pawel Stjefanowitsch und wurde vor einem Jahr bei einem Einbruch entwendet. Das Verbrechen wurde damals auf Wunsch des Großfürsten äußerst diskret behandelt, deswegen haben wir in Deutschland bisher keine Nachricht von dem Verschwinden dieses wertvollen Cellos erhalten. Die russischen Behörden waren indes nicht untätig: Sie haben herausbekommen, dass eine international operierende Diebesbande hinter dem spektakulären Diebstahl steckt, die das Instrument heimlich ins Ausland schaffen und dort zu Geld machen wollte. Da der Großfürst befürchtete, dass die Bande das wertvolle Instrument bei einem Polizeieinsatz zerstören könnte, hat er einen Detektiv auf die Bande angesetzt."

„Doch nicht etwa Lefevre?“, platzte ich heraus. „Doch, genau den“, entgegnete Holmes. „Und warum hat er dann den armen Krassin umgebracht?“, fragte ich entsetzt. „Dazu muss ich ein wenig weiter ausholen“, sagte Holmes. „Krassin war der Bote, der das Instrument unerkannt ins Ausland schaffen sollte. Doch wie konnte er das am besten anstellen? Am ehesten, indem er als harmloser Cellist zusammen mit einem Orchester nach Deutschland kam. Als die Bande davon erfuhr, dass das Newski-Orchester nach Deutschland fahren wollte, schien die Gelegenheit perfekt. Zunächst freilich musste man den bisherigen Cellisten loswerden. Ich zweifle nicht daran, dass der Unfall in Kiew inszeniert war. Jedenfalls war es der Bande so ein Leichtes, Krassin als neues Ensemble-Mitglied in das Orchester zu schleusen. Im letzten Augenblick vor der Abfahrt nach Deutschland hat man dann sein bisheriges Instrument gegen die ‚Schöne Cremoneserin‘ ausgetauscht. Hier in Wiesbaden hätte Krassin dann sofort den Hehler – eben jenen Alexander Michail – treffen und ihm das Instrument übergeben sollen. Er hätte dann zur Tarnung sicherlich ein anderes Cello bekommen, um noch einige Tage weiter harmlos im Orchester zu spielen und sich dann bei passender Gelegenheit abzusetzen – und das Geld mit seinen Komplizen zu teilen. Sein Pech war, dass man erst mit Verspätung hier in Wiesbaden ankam und direkt in den Konzertsaal verfrachtet wurde. So blieb Krassin nichts anderes übrig, als auf dem wertvollen Instrument zu spielen. Seine Tarnung war dahin – auch wenn ich bezweifle, dass die übrigen Musiker, einschließlich Tschebyscheffs, den wahren Wert des Instruments erkannt haben.“

„Bis auf Lefevre“, wandte Cornelius trocken ein. „Ja, Lefevre war natürlich im Bilde“, sagte Holmes. „Er war Krassin seit Sankt Petersburg auf den Fersen. Ich bin mir sicher, dass er mit Hilfe einer größeren Geldsumme den Bassisten ‚überredet‘ hat, ihm seinen Platz im Orchester zu überlassen.

Tschebyscheffs Äußerungen deuten ja auch darauf hin. Aber wo genau das Instrument war und auf welche Weise es Krassin nach Deutschland schmuggeln würde, das wusste auch Lefevre bis zuletzt nicht. Dazu waren Krassin und die Bande einfach zu schlau – auch scheint Krassin geahnt zu haben, dass er beobachtet wurde. Erst hier in Wiesbaden hat sich das Geheimnis dann rein zufällig offenbart."

„Aber nochmals: Warum hat Lefevre denn Krassin umgebracht? Er hätte ihm das Instrument doch abnehmen und direkt damit zur Polizei gehen können", fragte ich. Holmes lächelte müde. „Das mag der Plan Lefevres gewesen sein. Jedenfalls kam er ja am Abend unter einem Vorwand in Krassins Zimmer, um ihm das Instrument abzunehmen. Ich könnte mir sogar vorstellen, dass er Krassin Straffreiheit zusicherte, wenn er ihn mit dem Instrument ziehen ließe. Er war ja nicht von der Polizei, sondern stand in den Diensten des Großfürsten. Doch Krassin ließ sich auf das Geschäft nicht ein: Er zog ein Messer, um den Detektiv umzubringen. Die beiden müssen minutenlang miteinander gerungen haben – Sie wissen ja, in welchem Zustand des Chaos sich das Zimmer befand. Schließlich schaffte es der kräftige Lefevre, die Oberhand zu gewinnen, und stieß dabei Krassin das Messer in die Brust – möglicherweise nicht einmal absichtlich. Danach packte er das wertvolle Cello samt Kasten in seinen Bass-Koffer, wozu er allerdings seinen eigenen Kontrabass im Zimmer zurücklassen musste. Anschließend verschloss er das Zimmer sorgfältig, steckte den Zimmerschlüssel ein und verließ eilends das Haus. Er wusste, er hatte nicht viel Zeit, ehe der Mord und auch sein Kontrabass entdeckt werden würden – zumal ihn der Hausdiener ja beim Hinausgehen gesehen hatte."

„Aber wie kommt jetzt der ermordete Hehler ins Spiel?", fragte ich. „Hat den auch Lefrevre umgebracht, wie ich das vermutet hatte?" – „Ja, in diesem Fall ist Ihre Intuition tatsächlich richtig gewesen“, sagte Holmes lächelnd. „Hier waren Sie schneller als ich mit meiner akribischen Deduktion. Nun, Lefevre hat tatsächlich den Hehler umgebracht – sobald man ihn gefasst hat, kann man das sicherlich leicht anhand seiner Stiefelabdrücke nachweisen. Ich bin mir sicher, dass auch diese Handlung ursprünglich nicht geplant war. Lefevre war vermutlich nach dem tödlichen Kampf mit Krassin zu geschockt, um an das Naheliegendste zu denken – nämlich die Polizei zu alarmieren und sich auf Notwehr zu berufen. Stattdessen entdeckte er auf dem Boden das Telegramm – die Aufforderung der Bande an Krassin, sich am gleichen Abend mit Michail zur Übergabe des Cellos auf dem freien Feld neben der Bahnlinie zu treffen. In diesem Moment muss Lefevre einen kühnen Entschluss gefasst haben: den armen Michail kaltblütig zu ermorden, das Geld zu rauben und sich mit Cello und Geld möglichst schnell abzusetzen.“

„Und wieso hat er den Toten dann in den Bass-Koffer gepackt?“, wollte Cornelius wissen. „Um die Polizei zu verwirren und zugleich den verräterischen Kasten loszuwerden“, entgegnete Holmes. „Die beiden Männer trafen sich also außerhalb der Stadt – die Spuren im Schlamm sprechen ja für sich. Lefevre schleppte den schweren Kasten, Michail die kleine Tasche mit dem Geld. Michail kannte Krassin nicht – er wusste nur, dass ihn hier ein Musiker mit Cello treffen würde. Er lief ganz ohne Argwohn in sein Verderben. Lefevre hatte keine Schwierigkeiten, den kleinen Mann im geeigneten Augenblick zu erwürgen. Dann packte er ihn in den Bass-Kasten und verstaute diesen möglichst unauffällig in einer Mulde neben der Bahnstrecke – von außen uneinsehbar hinter einem Holunderbusch. Es war auch hier reiner Zufall, dass der Streckenwärter den Toten so schnell fand. Jedenfalls nahm Lefevre den Cello-Kasten und die Geldtasche und entfernte sich eiligst.“

„Und deshalb haben Sie den Portier in der Pension Schöller nach dem Kasten gefragt?“, rief ich verstehend. Holmes schmunzelte. „Genau so ist es. Ich wusste, dass es keine andere Möglichkeit geben konnte. Lefevre kam also gegen 11 Uhr von seinem mörderischen ‚Ausflug‘ zurück, begab sich auf sein Zimmer, packte alle seine Sachen zusammen und verließ heimlich durch den Hintereingang das Haus. Er wusste, dass der Portier mittlerweile seinen Posten für die Nacht geräumt hatte. Ich vermute, dass er gegen Mitternacht den letzten Zug genommen hat. Ist es nicht so, mein lieber Cornelius?“

Der Angesprochene strahlte, denn er hatte das ganz offensichtlich bereits herausgefunden. „In der Tat, er nahm den Nachtzug nach Koblenz. Die Bahnbeamten hier in Wiesbaden haben ihn zweifelsfrei identifiziert. Ein Mann, der mitten in der Nacht mit Cello unterwegs ist, ist nun wirklich keine sehr unauffällige Gestalt. Alle Polizeibehörden sind entsprechend informiert.“ – „Sehr löblich“, sagte Holmes. „Aber Sie wissen durchaus, dass man ein Cello auch diskret verpacken kann? Zum Beispiel in einem Überseekoffer. Oder es an einem unauffälligen Ort deponieren, um es zu einem späteren Zeitpunkt abzuholen.“ Cornelius’ Blick wurde ernst. „Machen Sie mich nicht schwach, lieber Holmes“, sagte er matt. Holmes lächelte verbindlich. „Nun, wir müssen zumindest damit rechnen. Lefevre zeigt zwar nach zwei Morden deutliche Anzeichen von Panik, aber er ist nicht dumm. Zuzutrauen ist ihm noch so einiges.“

Tatsächlich schien Lefevre seine Flucht mit erstaunlicher Geschicklichkeit bewerkstelligt zu haben. Es dauerte mehrere Tage, bis wir wieder von ihm hören sollten. In der Zwischenzeit hatten wir Tschebyscheff die traurigen Details von der Ermordung seines Cellisten und der Flucht seines Bassisten überbracht. Er nahm die Meldungen betrübt, aber gefasst auf. Fast mehr noch als die Morde schien ihm zu schaffen zu machen, dass sein Orchester für ein solch raffiniertes Verbrechen missbraucht worden war. Immerhin konnte er auch mit seinem Rumpf-Ensemble beachtliche musikalische Erfolge in Wiesbaden feiern, zumal ihm andere Orchester in großartiger Solidarität kurzfristig die fehlenden Musiker ausliehen. Tschebyscheff tröstete sich außerdem mit der Aussicht, bei seiner Rückkehr nach Russland gewiss Ersatz für seine so jäh abhandengekommenen Ensemble-Mitglieder zu finden. Sein früherer Bassist hatte ihm bereits aus Sankt Petersburg ein reuevolles Telegramm zukommen lassen, nachdem er Lefevres Bestechungsgelder innerhalb weniger Tage beim Spiel durchgebracht hatte. Auch Cornelius schien über den Ausgang des Falles nicht gänzlich unglücklich zu sein. Immerhin erhielt er für die rasche Aufklärung der beiden Morde eine Belobigung seiner Vorgesetzten, und der Oberbürgermeister, Carl von Ibell, hatte ihm sogar in einem herzlich gehaltenen handschriftlichen Brief persönlich gedankt.

Schließlich bekamen wir Nachricht aus Antwerpen: Hier hatte sich ein Mann, dessen Beschreibung auf Lefevre zutraf, auf einem Segelschiff in Richtung Amerika eingeschifft. Cornelius hatte umgehend an die Behörden dort kabeln lassen, den Mann bei seiner Ankunft sofort zu verhaften. Doch dazu sollte es nicht kommen. Ein Orkan in der Biskaya, der zahlreiche weitere Schiffe scheitern ließ, bedeutete auch das Ende für die betagte und offenbar nicht mehr allzu seetaugliche „Fleurence“. Reste des hölzernen Dreimasters und seiner Ladung wurden wenige Tage später an der französischen Küste an Land gespült. Darunter auch ein stark ramponierter Cellokasten. Der war allerdings leer, als man ihn hoffnungsfroh öffnete.

Holmes wirkte nach dem Erhalt dieser Nachricht nachdenklich. „Fast scheint es, als wolle sich die ‚Schöne Cremoneserin‘ erneut über uns lustig machen“, sagte er zu Cornelius und mir, als wir am Abend bei einem guten Glas Assmannshäuser zusammensaßen. „Wer weiß – vielleicht ist sie auf See geblieben, um dem ganzen Verwirrspiel ein Ende zu bereiten. Vielleicht hat Lefevre sie ja auch noch vor seiner Reise zu Geld machen können – was ihm dann aber auch kein Glück mehr gebracht haben dürfte. Oder er war am Ende sogar so raffiniert, in letzter Minute wieder von Bord zu gehen und einen leeren Cellokasten auf die Reise zu schicken – auch dies wäre ihm durchaus zuzutrauen. Ich habe jedenfalls die Hoffnung noch nicht aufgegeben, dass die ‚Schöne Cremoneserin' eines Tages wieder auftaucht, um unsere Ohren zu erfreuen. Und bis es so weit ist, werde ich mich immer wieder gern an das beeindruckende Konzert hier in Wiesbaden erinnern, zu dem Sie, mein lieber Watson, mich dankenswerterweise überredet haben."

Sherlock Holmes und der Tote mit dem Zwicker

So interessant das Leben in der Metropole London auch ist, so gern denke ich an die Reisen zurück, die ich im Laufe der Freundschaft mit Sherlock Holmes unternommen habe. Eine ist mir dabei ganz besonders im Gedächtnis geblieben – nicht allein wegen des Ziels, sondern vor allem wegen der Ereignisse auf der Rückfahrt. Unser Abenteuer datiert in das Jahr, in dem Holmes die Machenschaften des sinistren Hochstaplers und falschen Grafen Jusupoff aufdeckte. Auch die Sache mit den gefälschten Staatspapieren des Sultans von Samarkand fällt in diese Zeit, und beinahe hätte diese Affäre meinen viel beschäftigten Freund so viel Zeit gekostet, dass er seine lange geplante Reise zu den Bayreuther Festspielen hätte absagen müssen. Doch dank Holmes' beachtlicher Fähigkeiten konnte er den Fall rechtzeitig zum Abschluss bringen, und so genossen wir nicht nur eine Aufführung des „Parsifal", sondern waren als Gäste auch auf einer Soiree in Haus Wahnfried bei Cosima Wagner geladen, die der elegant parlierende Holmes mit großem Charme zu beeindrucken verstand.

Auch wenn Holmes noch nach Tagen in Wagner-Klängen schwelgte und während unserer Zugfahrt beständig Melodien aus „Rheingold" und „Meistersingern" vor sich hin summte, so erwartete ihn der wahre Höhepunkt doch erst bei einem Bade-Aufenthalt in Wiesbaden und im angrenzenden Rheingau. Schon seit unserem Abenteuer mit der „Germania" hatte es mir dieser Landstrich angetan, und auch die warmen Bäder taten meiner von der Kriegsverletzung nie ganz wiederhergestellten Konstitution wohl, während Holmes zumeist die Erholung des Bade-Aufenthalts durch beständige Arbeit konterkarierte, die ihm unweigerlich zuzufliegen schien. So auch bei unserem Aufenthalt im kleinen Ort Assmannshausen nahe der „Germania“, wo wir in einem jahrhundertealten und sehr „deutsch“ aussehenden Haus – ich glaube, es trug den patriotischen Namen „Krone“ – abstiegen. Es war ein gut geführtes, ja geradezu erstklassiges Hotel, das viele internationale Besucher zu Gast hatte. So plauderten wir des Abends am Kamin mit einem Landsmann von uns, dem weithin bekannten Reisenden, Lord St. James, der uns mit Anekdoten von zahlreichen Bade-Aufenthalten in ganz Europa unterhielt.

Kurz nach dem Frühstück, das wir an dem schönen Sommertag auf der Terrasse mit Blick auf den träge dahinfließenden Rhein eingenommen hatten, zog Holmes plötzlich einen goldenen Zwicker aus der Tasche und reichte ihn mir. „Mich würde Ihre Meinung zu diesen Augengläsern und zu ihrem Besitzer interessieren“, sagte er mit harmlosem Lächeln. Ich besah mir das Stück näher, konnte aber nichts Besonderes daran feststellen. Es war ein ganz gewöhnlicher Zwicker, goldgerandet, schon ein wenig abgenutzt, mit dicken Gläsern und mit einer Öse an der Seite versehen, an der eine feingliedrige goldene Kette befestigt war. „Ein durch und durch gewöhnlicher Zwicker“, lautete mein Urteil, als ich das Stück zurückgab. „Gewöhnlich?“, sagte Holmes mit leisem Lachen. „Mir scheint es hingegen höchst ungewöhnlich. Stellen Sie sich bitte einmal den Besitzer vor: einen Mann in mittleren Jahren, groß und athletisch, aber schon etwas vornüber gebeugt. Höchstwahrscheinlich ein ehemaliger Offizier, der Karriere in der Verwaltung gemacht hat. Und ein Mann, der offenbar viele Feinde hatte.“ Obwohl ich Holmes’ Methoden nun schon geraume Zeit kannte, staunte ich dennoch. „Und das lesen Sie alles aus diesem kleinen Zwicker?“ – „Mehr noch, mein lieber Watson“, sagte Holmes. „Ich kann Ihnen den Besitzer sogar noch besser beschreiben: Er war offensichtlich Linkshänder, trotz seiner militärischen Vergangenheit von einer gewissen Nachlässigkeit, gepaart mit Brutalität, er war ein starker Raucher und trug offenbar erlesene Kleidung. Er hat sich zumindest einige Zeit in St. Petersburg aufgehalten, so dass ich vermute, dass es sich bei ihm um einen hochstehenden Beamten aus Russland gehandelt hat."

„Gehandelt hat?", fragte ich verblüfft und mit banger Vorahnung. „Ja, der Mann ist tot, und zwar schon geraume Zeit", sagte Holmes knapp. „Und das ist gerade das Ungewöhnliche an dem Fall: Ein offenbar ermordeter Russe, der in einem leer stehenden Haus in Wiesbaden mindestens ein ganzes Jahr lang unentdeckt geblieben ist. Dessen mumifizierte und daher kaum mehr erkennbare Leiche erst durch Zufall gefunden wurde. Eine Leiche, die gefesselt und offenbar unbekleidet war – bis auf diesen Zwicker. Die Polizei steht vor einem Rätsel." Ich staunte: „In der Tat höchst ungewöhnlich, aber woher wissen Sie das alles?" – „Von unserem alten Freund Inspektor Cornelius. Sie wissen doch, dass er seine Augen und Ohren überall hat. Nun, als er erfuhr, dass wir zufällig ganz in seiner Nähe sind, hat er mir durch einen seiner Mitarbeiter einen kurzen Bericht und diesen Zwicker übersandt und um meine Meinung gebeten." – „Die Sie ihm sicherlich telegraphisch übermitteln werden", erwiderte ich hoffnungsvoll, doch an Holmes' Gesichtsausdruck sah ich, dass er in Gedanken bereits am Tatort war. Wie üblich, schien ihn die Aussicht auf einen interessanten Kriminalfall mehr zu erfrischen als alle Bade-Anwendungen dieser Welt, und schon eine halbe Stunde später saßen wir in einem Zug, der uns fröhlich dampfend den Rhein hinauf gen Wiesbaden trug.

Wir waren die einzigen Passagiere in unserem Erste-Klasse-Abteil. Holmes war bester Stimmung, doch ich platzte schier vor Neugier: „Nun verraten Sie mir aber, Holmes, wie Sie von diesem Zwicker auf den Toten schließen können?", bat ich, und Holmes lächelte nachsichtig. „Sie müssen sich den Zwicker genau ansehen, dann haben Sie auch seinen verstorbenen Besitzer klar vor Augen", sagte er. „Sehen Sie, wie weit die beiden Gläser auseinanderstehen? Das lässt auf eine breite Nasenwurzel schließen und diese wiederum auf einen athletischen Körperbau. Beachten Sie weiterhin die Länge der Kette: Der Mann war also nicht nur muskulös, sondern auch groß. Sehen Sie sich weiterhin die Form der Gläser an – so etwas trägt kein Journalist oder Intellektueller, sondern ein Mann von Stand. Alles in allem schließe ich darauf, dass er ein ehemaliger Offizier gewesen ist." – „Gut, aber wieso ehemalig? Und wieso war er auch Beamter, wie Sie vorhin sagten?" – „Ich ziehe dabei in Betracht, dass viele ehemalige Offiziere nach ihrem aktiven Dienst ein Auskommen in der Verwaltung finden. Und jetzt sehen Sie sich die Gläser an, lieber Watson. Sie sind vergleichsweise stark. Es ist die Brille eines Mannes, der in mittlerem Alter kurzsichtig geworden ist – so wie das bei vielen Beamten passiert, die jahrelang beim Aktenstudium in schlecht beleuchteten Amtsstuben ihre Augen zu sehr strapazieren. Und die sitzende Tätigkeit, gepaart mit der Kurzsichtigkeit, lässt mich darauf schließen, dass der Mann leicht vornübergebeugt und blinzelnd durchs Leben ging, wie dies Kurzsichtige so häufig tun."

„Das alles leuchtet mir sofort ein. Und dass er Linkshänder war, sehen Sie vermutlich am links schon etwas abgegriffenen Metallrahmen. Aber woher wissen Sie, dass er erlesene Kleidung trug und aus Russland stammte? Und dass er Raucher war?" – „Auch das lässt sich leicht ermitteln", sagte Holmes. „Sehen Sie sich den feinen Goldrahmen an, die feinen Ziselierungen, die elegante Kette. Das ist keine gewöhnliche Arbeit. So etwas findet man nur bei sehr begüterten Leuten – und zugleich bei Leuten, die sehr auf ihr Äußeres achten. Die mikroskopisch kleine Punze in kyrillischen Buchstaben an der Innenseite, die Ihnen vermutlich beim ersten Anschauen entgangen ist, weist auf einen bekannten und teuren Goldschmied in St. Petersburg hin. Ich habe mich vor etlichen Jahren einmal mit den Markierungen von Goldschmieden befasst und darüber auch eine kleine Monographie geschrieben, die bei unserer Polizei leider viel zu wenig Beachtung findet. Aber uns gibt sie wertvolle Hinweise auf die Herkunft wie auch die materiellen Verhältnisse des Toten."

„Aber wieso wissen Sie, dass er Raucher war?", insistierte ich. „Das ist ein wenig komplizierter, aber nicht weniger zwingend. Sehen Sie die kleinen Kratzer am Rahmen und auf den Gläsern? Ganz so, als hätte der Mann den Zwicker in der Brusttasche seines Jacketts zusammen mit einem harten metallischen Gegenstand aufbewahrt – und was anderes sollte das sein als ein kleines Sturmfeuerzeug, wie es Offiziere zu schätzen wissen? Dass er beides zusammen häufig in die gleiche Tasche gesteckt hat, so dass der Zwicker Kratzer erhalten hat, lässt mich zugleich auf eine gewisse Achtlosigkeit schließen." – „Und die Brutalität?", fragte ich. „Sehen Sie sich den Steg genau an – er ist nicht mehr ganz in der ebenmäßigen Form, in der er einmal war. Ganz so, als sei er mehrmals verbogen und anschließend provisorisch geradegerückt worden. Das deutet auf einen Mann, der seine Kräfte gelegentlich nicht zu zügeln wusste."

„Exzellent, wirklich exzellent", rief ich begeistert von Holmes' Fähigkeit, auch aus kleinsten Details seine Schlüsse zu ziehen. „Bestimmt wird Cornelius anhand Ihrer Angaben eine Personenbeschreibung an alle Dienststellen herausgeben können", sagte ich erfreut, und Holmes schaute vergnügt. „Ich bin sicher, dass es nicht schadet, die braven Polizeibeamten landauf, landab in ein wenig Aktivität zu versetzen, aber es scheint mir angebracht, parallel meine eigenen Nachforschungen anzustellen – erst recht, da mich dieser ungewöhnliche Fall immer mehr zu interessieren beginnt."

Ungewöhnlich genug war nicht nur der Fall, sondern auch der Tatort: ein offenbar seit Jahren leer stehendes, ungepflegtes und verfallendes Haus in einem Vorort der Kurstadt. Cornelius, der uns ungeduldig bereits am Bahnhof erwartet hatte, war höchst erfreut über unser Eintreffen und notierte eifrig die Personenbeschreibung des Toten, die Holmes mir bereits geschildert hatte. „Kompliment, wirklich großes Kompliment“, murmelte er, während er uns die düstere Stiege hinauf in den ersten Stock des Gebäudes führte. „Sie müssen wissen, dass wir nur anhand der Leiche allein größte Schwierigkeiten haben würden, den Mann näher zu identifizieren.“

Und in der Tat, der Anblick, der sich uns bot, war schauerlich. Zwar habe ich während des Kriegs in Afghanistan und auch während meiner Abenteuer mit Holmes viele schreckliche Dinge gesehen. Aber bei diesem Bild des Grauens verschlug es selbst mir als gestandenem Arzt die Sprache. Was ich sah, war ein komplett verwester, mumifizierter Leichnam, sitzend auf einen wackeligen Holzstuhl gebunden. Um die beinernen, nackten Glieder schlang sich das mittlerweile morsch aussehende Seil, das den Mann einst wohl solide gefesselt hatte. Höhnisch grinste uns der kahle, zur Seite gesunkene Totenschädel an. Angewidert schloss ich meine Augen, um den Anblick nicht länger ertragen zu müssen, doch in die Stille hinein erklang Holmes' gewohnt kühle und professionelle Stimme: „Cornelius, wissen Sie bereits, wie der Mann zu Tode gekommen ist?“ – „Ein Schuss ins Herz, sofort tödlich“, erwiderte dieser. „Sehen Sie die zertrümmerten Rippen?“ Ich hatte mittlerweile meine Fassung zurückgewonnen und kam näher, doch Holmes hielt mich zurück. „Wer hat den Tatort bisher betreten?“, fragte er dann. „Die alte Frau, die ihn hier gefunden hat. Ein Wachtmeister, den sie zu Hilfe gerufen hat. Und zuletzt ich selbst“, antwortete Cornelius. „Ich habe den Tatort daraufhin sofort absperren lassen, um keine weiteren Spuren zu verwischen." – „Ausgezeichnet", murmelte Holmes und rieb sich dabei die Hände, „wirklich ausgezeichnet. Wenn es Ihnen nichts ausmacht, hätte ich gern eine Viertelstunde freie Bahn, um mir in Ruhe alles anzusehen." Und ohne Cornelius' Antwort abzuwarten, ging er bereits auf die Knie, zückte aus der Tasche seine Lupe und begann, den völlig verstaubten Boden akribisch zu untersuchen.

„Ein äußerst merkwürdiger Fall", sagte ich zu Cornelius, während wir vor dem Haus auf Holmes warteten. „Einer der merkwürdigsten, der mir je begegnet ist", antwortete der gestandene Polizist, der sich seit dem Fall des ermordeten russischen Großfürsten und wenig später des toten Cellisten in Wiesbaden einen Namen gemacht hatte. Wir unterhielten uns noch über dies und jenes, bis Holmes schließlich wieder aus der Wohnung kam. Lächelnd überreichte er Cornelius einen kleinen handgeschriebenen Zettel. Der blickte ungläubig darauf, dann sah er zu Holmes auf. Dessen Lächeln wurde breiter. „Das ist alles, was ich anhand der Spuren herausfinden konnte. Zugegebenermaßen keine perfekte Beschreibung des Täters, aber genügend Anhaltspunkte, um eine Fahndung einzuleiten. Ich wünsche Ihnen viel Glück dabei und bin begierig darauf, in Kürze von Ihren Fortschritten zu erfahren."

Auf der Rückfahrt nach Assmannshausen musste ich noch immer an das verdutzte Gesicht denken, auf dem sich gleichermaßen Verblüffung wie auch ein leichter Hoffnungsschimmer gezeigt hatten. „Wie haben Sie es nur geschafft, Cornelius so zu beeindrucken?", fragte ich. „Das war verhältnismäßig einfach. Zum Glück stand das Haus seit langer Zeit leer, so dass eine Menge Staub auf den Dielen lag. So konnte ich in den Spuren lesen wie in einem offenen Buch. Die Abdrücke von Cornelius' großen Schuhen und die breiten Stiefelabdrücke des Polizisten konnte ich dabei ebenso außer Acht lassen wie die zierlichen Abdrücke der Frau, die den Toten gefunden hat. Sie waren alle ganz frisch und daher leicht zu erkennen. Aber dann gab es noch eine weitere Fußspur – schon wieder leicht vom Staub überzogen, wie es eben nach einem Jahr in einem leeren Haus passiert. Nur sie konnte vom Täter stammen. Und aus ihr konnte ich den genauen Hergang ablesen. Mein lieber Watson, hier liegt ein ganz perfides Verbrechen vor – ein Verbrechen, das offenbar eine lange Vorgeschichte hat." – „Sie meinen, dass der tote Russe eine dunkle Vergangenheit hatte?", fragte ich. „Ja, ich bin fest davon überzeugt, dass hier Rache geübt wurde. Führen Sie sich die Details vor Augen: Der Mann kam allein in das Haus. Er wurde niedergeschlagen, ausgezogen, auf einen Stuhl geschleppt und dort gefesselt. Einzig seinen Zwicker trug er, als er sehenden Auges erschossen wurde. Von einem mittelgroßen Mann mit abgenutzten, breiten Stiefeletten in Größe 7,5, einem offenbar schlechten Schützen, ängstlich und mit schwächlicher Konstitution – vermutlich ebenfalls einem Russen."

Ich staunte. „Gut, die Fußspuren dürften Ihnen den Hergang der Tat und die Schuhgröße verraten haben. Aber woher wissen Sie, dass der Mann ein schlechter Schütze, ängstlich und schwächlich war?" – „Aus der Tatsache, dass er die Waffe aus unmittelbarer Nähe abgefeuert hat – wenn es eine militärische Hinrichtung hätte sein sollen, hätte er mit Sicherheit einen größeren Abstand gewahrt. Als er den Schuss abfeuerte, drehte er sich von seinem Opfer weg, als ob er den Anblick des Sterbenden nicht ertragen könne. Das zeigen mir die Schleifspuren seiner Sohlen. Und unmittelbar nach dem Schuss taumelte er zwei Schritte rückwärts – offenbar vom großen Rückstoß des Revolvers. Bei dem handelt es sich offenbar um ein russisches Modell, wie ich anhand der Kugel feststellen konnte, die in die Wandverkleidung eingeschlagen war. Sie sehen – der Fall liegt glasklar vor mir. Nun bin ich gespannt, welche Ergebnisse Cornelius zustande bringen wird.“

Gern hätte ich mit Holmes nach Ankunft in unserem Hotel noch weiter über den Fall gesprochen, doch unser Hotelier verhinderte dies. Aufgeregt begrüßte er uns bereits an der Eingangstür. Seinem reichen Wortschwall konnte ich entnehmen, dass eine Mitbewohnerin bestohlen worden war und er nun den berühmten Gast um seine diskrete Hilfe bei der Aufklärung bat. Ich war bestürzt – schließlich hatte ich die Aufregung um den so bestialisch ermordeten Russen noch nicht recht verdaut. Holmes hingegen schien geschmeichelt, dass selbst in diesem Rheingauer Hotel seine Kunst gefragt war, und ließ sich lächelnd das Zimmer der Bestohlenen zeigen.

Lady Summerhill war, wie sich herausstellte, eine verwitwete, aber schwerreiche ältere Dame der Gesellschaft mit einem großen Anwesen in Dorsetshire. Sie reiste, wie sie uns in energischem Tonfall verriet, viel und gern. Und zwar stets allein, lediglich von einer Zofe begleitet. Doch ob Brighton oder Biarritz, Monte Carlo oder San Remo – noch nie sei ihr etwas entwendet worden, nicht einmal bei einem Neapel-Aufenthalt. Und ausgerechnet hier, am deutschen Rhein, im angeblichen Land der Dichter und Denker, sei ihr eine wertvolle Diamantbrosche gestohlen worden.

Holmes bat sie mit charmantem Lächeln, ihm den Hergang genau zu schildern, was sie mit herablassender Grandezza auch tat: „Wir sind heute Vormittag mit dem Rheindampfer angekommen und haben hier Quartier genommen, weil mir das Haus von einem guten Freund, einer hochstehenden Persönlichkeit, sehr empfohlen worden ist. Und trotzdem habe ich nur ein Zimmer nach hinten hinaus bekommen, angeblich sind alle anderen mit Rheinblick ausgebucht. Skandalös, muss ich schon sagen – solch ein kleines Zimmer, und stickig noch dazu. Jedenfalls bin ich nicht lange im Zimmer geblieben, sondern habe einen Spaziergang auf der Rheinpromenade unternommen. Meine treue Jenny" – und dabei blickte sie zu der schüchtern in der Zimmerecke wartenden Zofe, einer kaum 18-jährigen, rotblonden und pausbäckigen Engländerin vom Lande – „hat zunächst einmal gründlich gelüftet und meine Koffer ausgepackt. Und dabei hat sie dann bemerkt, dass eine wertvolle Brosche fehlte. Skandalös das Ganze! Hätte ich bloß nicht auf die Empfehlungen von Earl Wintermere gehört, dann wäre ich niemals in dieser Räuberhöhle abgestiegen", schloss sie ihre Erzählung, wobei sie den armen Hotelier wütend anblitzte.

„Aber wäre es nicht möglich, dass die Brosche schon auf Ihrer letzten Station abhandenkam?", warf ich ein. Ein vernichtender Blick der Lady traf mich. „Unmöglich. Ich habe das Einpacken in Koblenz selbst beaufsichtigt. Und bei der Ankunft war die Brosche ebenfalls noch vorhanden, wie Ihnen Jenny gern bestätigen wird."

Alle blickten die unglückliche Zofe an, die ob der allgemeinen Aufmerksamkeit errötete. Holmes ließ allen seinen Charme spielen, so dass sich die junge Frau schließlich ein Herz fasste und stockend berichtete: „Es ist alles so, wie Lady Summerhill gesagt hat. Nachdem meine Herrin fortgegangen war, habe ich zunächst einmal das Zimmer gelüftet. Dann habe ich begonnen, die Koffer auszupacken. Die Kleider habe ich gebürstet und in den Schrank gehängt, die Schmuckschatulle offen auf den Frisiertisch gestellt. Ich kann bestätigen, dass alles an seinem Platz war. Gegen Mittag klopfte der Etagenkellner, der eine Erfrischung für Mylady brachte – eine Flasche Rheingauer Auslese mit einem Glas. Dort auf dem Beistelltisch sehen Sie beides. Ansonsten ist nichts passiert. Gegen vier Uhr nachmittags kam Lady Summerhill zurück, wählte ihren Schmuck für den Abend aus und entdeckte, dass die Brosche fehlte. Ach, ich mache mir solche Vorwürfe. Der wertvolle Schmuck. Dass er ausgerechnet mir verloren ging. Ich bin untröstlich. Mylady wird mich sicher entlassen ..."

„Unsinn“, schnitt ihr Lady Summerhill das Wort ab. „Hier wird niemand entlassen. Fassen Sie sich, mein Kind. Aber ich erwarte, dass hier vom Hotel etwas unternommen wird. Offenbar sind Diebe im Haus. Was ist mit diesem Etagenkellner? Ist er zuverlässig? Ich verlange, dass Sie das überprüfen. Ich will, dass Sie jeder Spur nachgehen.“ Der bedauernswerte Hoteldirektor klappte ob dieser Zweifel an seinem Personal immer weiter in sich zusammen, doch Holmes rettete mit seinem Charme die Situation und sagte mit verbindlicher, aber geschäftsmäßiger Stimme: „Ich bin sicher, dass wir den Fall in kurzer Zeit aufklären können. Bitte beschreiben Sie mir dazu die Brosche ganz genau.“ – „Ein Erbstück aus dem 18. Jahrhundert, etwa einen Inch im Durchmesser, zahlreiche Brillanten und ein Rubin, in Weißgold gefasst, mit einer Nadel an der Rückseite. Ein Stück von großem Wert, das meine Großtante beim Krönungsbankett von Queen Victoria getragen hat.“

Beeindruckt blickte ich Holmes an, doch der schien äußerlich ungerührt. „Haben Sie das Zimmer genau abgesucht? Nein? Gestatten Sie, dass ich es tue?“ Und ohne eine Antwort abzuwarten, schritt er auf den Frisiertisch zu, besah sich genau die offen stehende Schmuckschatulle, in der viele wertvolle Pretiosen glänzten, nahm gar seine Lupe zur Hilfe. Dann examinierte er das gesamte Zimmer, ohne von uns weiter Notiz zu nehmen. Er öffnete Schränke und Anrichte, blickte unter den Teppich, ließ auch die Scheuerleisten nicht aus, überprüfte mit der Lupe das Türschloss von innen und außen, besah sich dann das Fenster näher und zuletzt den Frisiertisch mit dem Schmuckkästchen. Nur einmal richtete er während seiner Suche das Wort an die verdutzte Lady Summerhill – er wollte von ihr wissen, ob sie gern Orangenlikör trank, was diese pikiert verneinte. Etwa eine Viertelstunde lang dauerte seine Arbeit, dann überzog für einen Moment ein Lächeln sein Gesicht. Schließlich wandte er sich der völlig verdutzten Zofe zu und fragte mit schneidender Stimme: „Warum erzählen Sie nicht die ganze Wahrheit? Warum sagen Sie uns nicht, was wirklich passiert ist? Es war noch jemand hier im Raum."

Das Mädchen wurde erst blass, dann puterrot. „Ich verstehe nicht", stammelte sie. „Warum tun Sie mir so etwas an? Warum sagen Sie, dass ich lüge? Wollen Sie mich ruinieren? Mich, ein armes, anständiges Mädchen aus Suffolk?" Holmes schüttelte den Kopf. „Mir geht es einzig um die Wahrheit. Und die Wahrheit ist, dass Sie außer dem Zimmerkellner weiteren Besuch hatten. Ich kann Ihnen den Hergang genau beschreiben. Es war ein Mann, der Sie gegen 2 Uhr aufgesucht hat und den Sie gut kannten, zumindest haben Sie ihn ohne Zögern ins Zimmer gelassen, mit ihm auf dem Sofa gesessen und beide ein Gläschen Orangenlikör getrunken. Dann haben Sie für eine Weile gemeinsam das Zimmer verlassen ..." Die junge Frau schrie auf. „Das ist infam. Woher wollen Sie das alles wissen?" – „Von der angebrochenen Flasche Likör und zwei Gläsern, die ich in der Anrichte gefunden habe, und von der Mylady nach eigener Aussage ganz gewiss nichts getrunken hat. Von zwei unscheinbaren klebrigen Rändern auf der Platte des Tisches, der vor dem Sofa steht. Und von der Tatsache, dass Lord St. James mit seinem Kammerdiener in diesem Hotel abgestiegen ist."

Bei der Erwähnung des Kammerdieners brach die junge Frau in Schluchzen aus. „Frederic ist kein Dieb", wimmerte sie. „Ich weiß nicht, wie Sie es herausgefunden haben, aber es stimmt: Wir kennen uns von Aufenthalten in Biarritz und Monte Carlo. Umso größer war die Freude, ihn hier wiederzutreffen. Er wusste wohl, dass Mylady ausgegangen war, und kam mit einer Flasche Likör auf das Zimmer. Wir unterhielten uns bei einem Gläschen, und dann gingen wir auf sein Dienstbotenzimmer im Anbau, denn er wollte mir unbedingt seine Sammlung seltener Kofferaufkleber zeigen, die er in den Diensten von Lord St. James zusammengetragen hatte", sagte sie errötend. „Aber glauben Sie mir, er hat die Brosche nicht gestohlen. Und ich habe das Zimmer fest verschlossen, als ich es verließ. Sie werden den armen Frederic doch nicht verdächtigen, oder ...?", fragte sie bang.

Der Hoteldirektor schaute gestrenge: „Immerhin ist er verdächtiger als unser Zimmerkellner Franz. Mein liebes Fräulein, hier steht die Ehre unseres Hotels gegen Ihre Aussage, und die war bisher wenig glaubhaft." Doch Holmes beschwichtigte: „Mein Kind, ich bin überzeugt, dass Sie die Wahrheit gesprochen haben. Ich bin sicher, dass wir nichts finden würden, wenn wir Ihren Frederic durchsuchen würden. Alle Indizien sprechen dagegen. Sie haben sich nichts vorzuwerfen – bis auf eines: Sie haben während Ihres kleinen Ausflugs das Fenster offen gelassen und die Schmuckschatulle auf dem Frisiertisch." – „Aber wir sind hier im zweiten Stock", rief der Direktor erstaunt aus. „Meinen Sie, dass Lady Summerhill Besuch von einem Fassadenkletterer bekommen hat?" – „Sieht es nicht ganz danach aus?", fragte Holmes. „Mylady, verraten Sie mir noch eines: Haben Sie den Aufenthalt im Voraus gebucht, oder sind Sie spontan angereist?" – „Natürlich spontan. Sonst hätte man mir gewiss nicht ein solches Zimmer zugemutet", sagte die Aristokratin gereizt, wobei sie ihren Blick durch den keinesfalls als karg zu bezeichnenden Raum schweifen ließ. Holmes schmunzelte. „Das habe ich vermutet. Mylady, ich bin sicher, Ihnen in Kürze gute Nachrichten zukommen lassen zu können." Mit einer eleganten Verbeugung und dem Hinweis, nun für einige Stunden allein weitere Nachforschungen anzustellen, zog er sich zurück.

Verblüfft blieben der Direktor und ich noch einen Moment auf dem Gang stehen. Noch immer wahrte der Mann nur mühsam seine Fassung. „Warum machen Sie denn jetzt noch ein solch betrübtes Gesicht?", fragte ich. „Ihr Personal trägt ganz offenbar keine Schuld, und Holmes scheint eine echte Spur zu haben." – „Ach, wenn es das nur wäre", seufzte der Direktor. „Ich habe noch ein weiteres Problem. Ein Gast ist heute urplötzlich spurlos verschwunden. Seine Sachen hat er restlos mitgenommen, und darüber hinaus fehlt in seinem Zimmer ein kleines Ölgemälde." – „Also ein Hoteldieb und Zechpreller?", fragte ich verdutzt. „Ja, es sieht danach aus. Was, wenn der Mann auch die Brosche von Lady Summerhill gestohlen hat? Denken Sie an meinen Ruf als Hotelier! Wer sollte künftig hier noch absteigen, wenn sich erst einmal die Nachricht über diese Vorfälle verbreitet? Bitte, Dr. Watson, Sie müssen mir helfen. Vielleicht könnten Sie sich der Sache annehmen, während Mr. Holmes seine anderen Spuren verfolgt."

Geschmeichelt, wenn auch etwas bang im Herzen, sagte ich meine Unterstützung zu. Wo sollte ich anfangen? Der Fall hier schien zu verwirrend. Und auch der tote Russe aus Wiesbaden wollte mir immer noch nicht aus dem Kopf gehen. „Womit würde wohl Holmes beginnen?", fragte ich mich und entschied mich dafür, bei dem verschwundenen Ölbild anzusetzen. „Ein Stillleben im holländischen Stil, eine zeitgenössische Arbeit eines Künstlers aus der Region", antwortete der Hotelier. „Ein schönes Stück, gewiss, aber keine Pretiose. Ich habe weit wertvollere Bilder hier im Haus." Ich war verblüfft. Warum also hatte der Dieb gerade dieses Bild mitgenommen? Der Fall wurde immer rätselhafter.

„Wann genau ist der Mann verschwunden?", wollte ich als Nächstes wissen. „Nach dem Mittagessen. Ich habe selbst noch mit ihm gesprochen. Er hat sich besonders für die anderen Gäste interessiert und sich angelegentlich nach Lady Summerhill erkundigt. Als ich ihm dann berichtete, dass der berühmte Sherlock Holmes am vorigen Abend angekommen ist, schien ihn das förmlich zu elektrisieren. Er wurde erst wieder ruhiger, als ich ihm berichtete, dass Sie beide gerade zu einer Tagesfahrt nach Wiesbaden aufgebrochen waren. Im Nachhinein ist mir seine Aufregung natürlich begreiflich. Welcher Hoteldieb wohnt schon gern im selben Haus wie der berühmte Sherlock Holmes?“

Dieser Einwand leuchtete mir ein. Nun interessierte mich natürlich, unter welchem Namen der Gast im Hotel abgestiegen war. Bereitwillig zeigte mir der Hotelier das große Buch am Empfang, in das sich jeder Gast einzutragen hatte. Auch unser Dieb und Zechpreller war dort verzeichnet – als „Sergei Glinka, 45 Jahre alt, Kaufmann aus Nischnij Nowgorod.“ – „Sicherlich ein falscher Name“, wandte ich ein. „Schon möglich“, sagte der Hotelier. „Aber er präsentierte einen Pass auf diesen Namen, so dass wir keinerlei Grund hatten, an seinen Angaben zu zweifeln.“ – „Kann ich das Zimmer einmal sehen?“, bat ich nun. Bereitwillig öffnete der Hotelier die Tür zu einem schönen Zimmer, das sich im ersten Stock an der Seite des Gebäudes befand – also ziemlich weit entfernt vom Zimmer der Lady, wie ich sofort feststellen konnte. Selbst ein geübter Fassadenkletterer hätte es schwer gehabt, die Strecke zurückzulegen. Den Gedanken, dass ein Hoteldieb möglicherweise auch das Schloss der Zimmertür geknackt haben könnte, verfolgte ich nicht weiter. Da Holmes die Tür ja bereits examiniert hatte, konnte ich diese Spur vernachlässigen.

Das Zimmer Glinkas selbst schien mir keine besonderen Anhaltspunkte zu bieten – abgesehen von dem dunklen Umriss an der Tapete, wo gestern noch das Ölgemälde gehangen hatte. Es befanden sich tatsächlich, wie der Direktor gesagt hatte, keine persönlichen Sachen des so eilig abgereisten Gastes mehr darin. Keine verlorene Socke im Schrank, keine Zahnbürste auf dem Waschtisch – absolut nichts. Minutiös suchte ich die Möbel ab, kroch gar unter das Sofa, blickte selbst hinter die übrig gelassenen Bilder, freilich ohne Ergebnis, und nahm mir schließlich das Himmelbett vor. Es war am Morgen frisch gemacht worden, aber auf dem dicken Federbett sah man noch die leichte Eindellung, wie sie offenbar beim übereilten Einpacken entstanden war. Ein vermutlich kleiner und daher handlicher Koffer – was mir der Hotelier auch bestätigte: Augenscheinlich war es das ganze Gepäck des Russen. Vorsichtig besah ich mir nun die Ritzen des Bettes, fuhr mit dem Arm unter die Decke und schließlich unter das Kopfkissen – nichts. Schließlich beugte ich mich auch hier auf den Fußboden, blickte unter das Bett – und hier wurde ich schließlich fündig: In der Ritze zwischen Bett und Nachttisch lag es, ein winziges ovales Medaillon.

Vorsichtig zog ich es heraus und betrachtete es näher: eine schwere Arbeit aus massivem Silber, mit floralen Motiven verziert. Ich öffnete den Deckel und sah das Porträt einer schönen jungen Frau. Sie hatte dunkle, hochgesteckte Haare und ausdrucksvolle, leicht schräg gestellte Augen – unzweifelhaft eine besonders bezaubernde Bewohnerin des Zarenreiches. Mit großer Genugtuung klappte ich das Medaillon wieder zu. „Es sieht ganz danach aus, als hätte Ihr Gast eine wichtige Spur hinterlassen", sagte ich mit gewichtiger Miene, ganz meinen Triumph auskostend. Hatte ich mich mit dem Fund nicht ganz als gelehriger Freund und Schüler des großen Sherlock Holmes erwiesen? Wie ich weiter verfahren sollte, schien mir allerdings schleierhaft, und ich trat daher mit gespielter Grandezza meinen Rückzug an. Gespannt wartete ich dann auf die Rückkehr meines Freundes, um ihm das Erlebte zu berichten.

Ich musste allerdings noch geraume Zeit warten. Erst gegen Abend kehrte Holmes zurück. Er schien blendender Laune zu sein. Allein, über seine Abenteuer des Nachmittags gab er selbst mir nur wenig Auskunft. „Birdwatching", murmelte er lediglich. „Es gibt kaum etwas Schöneres, als Vögel zu beobachten, erst recht in dieser Region. Aber nun lassen Sie mich hören, wie es Ihnen ergangen ist." Da ich Holmes' absonderliche Interessen kannte, wunderte ich mich über seine kryptische Antwort nur wenig, erzählte ihm frei heraus alles, was ich erlebt hatte, und zeigte ihm zu guter Letzt das Medaillon. Holmes begutachtete es genau und war des Lobes voll: „Mein lieber Freund, ich hätte es nicht besser machen können. Ein großes Kompliment für Ihre Arbeit. Damit dürfte es ein Leichtes sein, den verschwundenen Russen wiederzufinden." – „Sicherlich sehen Sie anhand des Medaillons, um wen es sich handelt?", fragte ich hoffnungsvoll. „Nein, das nun nicht gerade. Denn auch wenn ich aus dem Medaillon einiges ersehen kann, so weiß ich doch eine effektivere Methode. Doch dazu später mehr. Zunächst einmal möchte ich jetzt mit dem Hoteldirektor sprechen."

Der bat uns in ein elegantes Separee, offerierte eine ausgezeichnete Rheingauer Beerenauslese und anschließend kubanische Zigarren. Gemeinsam besprachen wir das weitere Vorgehen. Auch diesmal ließ Holmes sich nicht in die Karten schauen. Er deutete lediglich an, im Falle der verschwundenen Brosche auf gutem Wege zu sein, und lobte erneut meine gute Arbeit. Dann bat er um eine Beschreibung des verschwundenen Russen, die ihm der Direktor bereitwillig gab und die ich zu erfragen im Eifer des Gefechts völlig vergessen hatte. Den Angaben des Direktors zufolge handelte es sich um einen äußerlich unscheinbaren Mann mittlerer Größe und Statur, muskulös, aber wesentlich älter als die angegebenen 45 Jahre wirkend, mit stark gelichteten Haaren und einem grauen Schnauzbart. An seiner Kleidung sei nichts Ungewöhnliches zu entdecken gewesen – ein einfacher, graubrauner Anzug, weißes Hemd und dezente Krawatte. „Und die Schuhe?", fragte Holmes. „Ganz gewöhnliche, breite Stiefel nach russischer Machart. Ein wenig abgenutzt, aber blank poliert", antwortete der Direktor. Holmes rieb sich die Hände. „Ausgezeichnet, ganz ausgezeichnet. Ich habe nichts anderes erwartet."

Wir schauten Holmes erstaunt an, doch der tat uns nicht den Gefallen, seinen Ausspruch näher zu erläutern. Stattdessen verblüffte er uns mit einer Frage aufs neue: „Das ist gewiss nicht der erste Fall, dass bei Ihnen ein Gast spurlos verschwindet?“ Der Hoteldirektor sah ihn erst erschrocken, dann gequält an. „Nein, Sie haben völlig Recht. Jetzt, wo Sie es erwähnen ... Es ist schon einmal bei uns ein Gast spurlos verschwunden. Genauer gesagt, es war im letzten August. Auch damals handelte es sich um einen Russen. Ein Herr Oglingo, wenn ich mich recht entsinne. Auch er war von einem Tag auf den anderen auf und davon. Aber im Gegensatz zu unserem heutigen Gast hat er sein ganzes Gepäck zurückgelassen.“ – „Und wo ist das jetzt?“, fragte Holmes knapp. „Bei der Polizei. Wir haben damals eine Vermisstenanzeige aufgegeben, und die Beamten haben alles mitgenommen. Ich vermute, es liegt in der Wiesbadener Asservatenkammer.“ Holmes ließ sich eine grobe Beschreibung des Verschwundenen geben, wobei er ein leichtes Schmunzeln nicht unterdrücken konnte. „Ausgezeichnet, wirklich ausgezeichnet“, murmelte er und rieb sich die Hände. Ich bin sicher, dass wir am morgigen Tag auch im Fall Ihres Bilderdiebs Fortschritte machen werden.“

Mehr als diese vage Ankündigung war Holmes an diesem Abend nicht mehr zu entlocken – lediglich die etwas irritierende Bitte, vorsorglich eine Reisetasche mit Wäsche für eine Nacht zu packen und auch meinen Revolver nicht zu vergessen. Erst beim Frühstück am nächsten Morgen war mein Freund etwas gesprächiger. „Ich habe Cornelius telegraphisch über unser Kommen informiert und einige Instruktionen gegeben“, sagte er. „Wir brechen direkt nach dem Frühstück auf. Ich bin sicher, dass unser Besuch in Wiesbaden sehr erhellend sein wird.“ Aber zu mehr Informationen über den verschwundenen Russen ließ sich Holmes auch jetzt nicht hinreißen, selbst auf unserer Bahnfahrt nach Wiesbaden nicht. Dafür versuchte ich es nun mit einem anderen Problem, das mich seit dem Vortag beschäftigte: „Holmes, woher wussten Sie, dass die Zofe von Lady Summerhill und der Kammerdiener von Lord St. James einander kannten?“ Holmes schmunzelte: „Nichts leichter als das! Die Zofe war zum allerersten Mal in der ‚Krone‘. Wen also von den Angestellten sollte sie dort kennen und mit ihm Likör trinken? Zudem spricht das junge Ding nur Englisch. Also muss es sich bei ihrem Bekannten um einen Briten oder Amerikaner handeln. Lassen wir die Amerikaner einmal außer Betracht, zumal sich keiner mit dieser Nationalität im Hotel befindet. Und der einzige Brite aus ihrer gesellschaftlichen Schicht ist der Kammerdiener von Lord St. James. Wenn man dann in Rechnung stellt, dass der Lord ein weit gereister Mann ist, der sich bevorzugt in internationalen Badeorten aufhält – wie offenbar auch unsere bestohlene Lady –, ist kein anderer Schluss mehr möglich. Sie sehen, es ist eigentlich ganz trivial: Wenn man nach und nach alle Möglichkeiten ausschließen kann, muss die einzig verbleibende die Lösung sein.“ Und während ich noch über die große Schlüssigkeit der Gedankenkette sinnierte, fiel Holmes wieder in sein gewohntes Schweigen zurück, das er während der restlichen Fahrt auch nicht mehr aufgab.

Wie üblich, empfing uns Cornelius persönlich auf dem Bahnhof und geleitete uns zu einer wartenden Droschke. Er war blendender Laune. „Exzellent, Mr. Holmes, Sie haben sich wieder einmal selbst übertroffen“, sagte er schon zur Begrüßung. „Ihre genaue Beschreibung des Toten und der Hinweis auf seine Nationalität haben uns sehr geholfen und das Verfahren extrem beschleunigt. Heute Morgen sind die Informationen aus St. Petersburg bereits bei uns eingetroffen. Es ist alles, wie Sie vermutet haben: Der Mann war tatsächlich Ex-Offizier und ein hoher Beamter, und zwar im sibirischen Omsk. Er heißt Juri Gogolin und ist vor etwa fünf

Jahren spurlos verschwunden. Und dazu hatte er auch allen Grund. Denn in seiner Zeit als Gouverneur muss er es ziemlich schlimm getrieben haben, selbst für russische Verhältnisse. Man spricht von Erpressung, Rechtsbeugung, gar politischen Morden und massiver persönlicher Bereicherung. Und das ist nur die offizielle Darstellung – die tatsächlichen Vergehen dürften noch deutlich schlimmer gewesen sein. Jedenfalls hat es Gogolin offenbar verstanden, bei seiner Flucht Teile seines illegal erworbenen Vermögens ins Ausland zu transferieren. Und offenbar ist es ihm auch gelungen, mit Hilfe von viel Geld seine Spuren zu verwischen. Die russische Geheimpolizei hat ihn bis nach Mitteleuropa verfolgt, aber dann verloren." – „Bis wir ihn nun in Wiesbaden auf so bizarre Art wiedergefunden haben", ergänzte Holmes nachdenklich. Nun würde ich aber gern die Asservaten des ‚Krone'-Gastes sehen, um auch das letzte Glied in der Kette zu schließen."

Die Dinge, die Cornelius vor uns ausbreiten ließ, waren tatsächlich allererster Qualität, ganz wie es einem reichen Reisenden auch anstand. Unterwäsche aus Paris, Hemden und Anzüge aus London, Schuhe aus Budapest. Holmes genügte ein kurzer Blick, um zu erkennen, dass die Größe genau zu dem Toten passte, den wir gestern gesehen hatten. Auch für den Koffer aus edelstem Schweinsleder genügte Holmes ein kurzer Moment. „Wie ich es vermutet habe: Kein einziger der heute so beliebten Aufkleber internationaler Hotels. Unser Mann war offenbar peinlich darauf bedacht, auf seiner Odyssee durch Europa keine Spuren zu hinterlassen. Das alles passt genau in das Bild, das wir von ihm haben." – „Bis auf den Namen", warf Cornelius ein, der die Akten zu den Asservaten gelesen hatte. „Natürlich hat er seinen Namen geändert", sagte Holmes. „In der ‚Krone' nannte er sich Juri Oglingo. Auf den ersten Blick nicht sehr phantasievoll, diese Vertauschung der Buchstaben, aber immerhin beugte er so versehentlichen Versprechern vor, wie sie Leuten mit falscher Identität gelegentlich unterlaufen. Und dank des neuen Anfangsbuchstabens kam er auch nicht in die Verlegenheit, mit den Suchlisten der Polizei in Verbindung gebracht zu werden – dazu ist der Abstand zwischen ‚G' und ‚O' viel zu groß."

„Erstaunlich, wirklich erstaunlich", murmelte Cornelius anerkennend. „Die Identität des Toten ist damit wohl geklärt. Nun fehlt uns nur noch sein Mörder." – „Wie weit ist Ihre Suche hier gediehen?", fragte Holmes. „Leider nicht sehr weit", entgegnete Cornelius. „Seine Beschreibung ist an alle Dienststellen hinausgegangen. Bisher allerdings ohne Resultat. Aber das ist auch kein Wunder, nachdem das Verbrechen bereits vor rund einem Jahr verübt wurde. Ich nehme an, dass der Täter längst geflohen ist." Holmes lächelte. „Ich habe es nicht anders erwartet. Aber ich hätte gern Ihre Amtshilfe in einer anderen Angelegenheit. Es handelt sich ebenfalls um einen Mann, der spurlos verschwunden ist – und sogar aus dem gleichen Hotel. Ihn versuche ich zu finden und brauche dazu zwei zuverlässige Männer von Ihnen." „Lieber Mr. Holmes, die stehen Ihnen selbstverständlich jederzeit zur Verfügung." – „Sehr gut, dann senden Sie die beiden bitte morgen um halb vier Uhr nachmittags in mein Zimmer im ‚Nassauer Hof'." Etwas verdutzt versprach Cornelius, alles Nötige zu veranlassen. Dann entschuldigte sich Holmes, um in der Stadt einige Erledigungen vorzunehmen, während er mich in den „Nassauer Hof" schickte, wo er bereits ein Zimmer für mich reserviert hatte. Holmes selbst hatte zu meiner Überraschung eine ganze Suite gebucht, allerdings nicht auf seinen Namen, sondern auf „John Dewar Esq., aus Glasgow, Schottland."

Welchen Sinn diese Geheimnistuerei hatte, erläuterte Holmes mir schließlich bei einem guten Abendessen, das wir gemeinsam im Salon seiner Suite einnahmen. „Denken Sie an das Medaillon, das Sie im Zimmer des verschwundenen Hoteldiebs gefunden haben. Nun, ich bin sicher, dass er alles daransetzen wird, es wiederzuerlangen. Und deshalb habe ich ein Inserat in allen Zeitungen der Umgebung aufgegeben." Lächelnd hielt er mir die Ausgabe eines Wiesbadener Blattes hin, und ich las: „Der Besitzer eines silbernen Medaillons, aufgefunden im Hotel ‚Krone', Assmannshausen, wird gebeten, sich zu melden und sein Eigentum am morgigen Mittwoch um 4 Uhr nachmittags bei John Dewar Esq., Hotel Nassauer Hof, Wiesbaden, in Empfang zu nehmen." Verdutzt sah ich meinen Freund an. „Warum diese Camouflage?" – „Weil der Mann sicherlich um keinen Preis der Welt in die ‚Krone' zurückkehren wird. Ein harmloser Finder, der das Medaillon offenbar in dem Zimmer entdeckt hat und mittlerweile im ‚Nassauer Hof' abgestiegen ist, ist hingegen völlig unverdächtig. Ich bin sicher, dass uns unser Mann ins Netz gehen wird. Ist Ihr Revolver einsatzbereit?" Ich nickte stumm und entschlossen.

Auch am nächsten Tag verließ Holmes seine Zimmer nicht. Das Frühstück nahmen wir gemeinsam in seinem Salon ein, dann bat mich mein Freund, ihn für einige Stunden zu entschuldigen. Ich bekam gerade noch mit, wie ein Hotelbote eine Schachtel anlieferte, auf die Holmes offenbar schon gespannt gewartet hatte. Welchen Inhalt sie hatte, erfuhr ich ebenso wenig wie Holmes' weitere Pläne für die nächsten Stunden. Er hatte mich lediglich gebeten, ihn gegen halb vier Uhr wieder aufzusuchen. So unternahm ich einen ausgedehnten Spaziergang durch den gepflegten Kurpark, genoss im eleganten Kurhaus einen Lunch, studierte die Auslagen der mondänen Geschäfte entlang der „Rue", nahm in einem der Cafés noch eine kleine Erfrischung zu mir und klopfte pünktlich zur verabredeten Zeit an Holmes' Tür.

Wie überrascht war ich, als mir ein völlig Fremder die Tür öffnete: ein hagerer, alter, weißhaariger Mann mit buschigen

Augenbrauen, respektablem Schnauzbart und kleiner Goldrandbrille. Er trug einen feinen, wenn auch in dieser Stadt ein wenig deplacierten schottischen Tweedanzug, aus dessen Weste eine teure goldene Taschenuhr hervorschaute, und stützte sich auf einen dunklen Ebenholzstock mit silbernem Knauf. Völlig verdutzt murmelte ich eine Entschuldigung und wollte mich bereits zurückziehen, als ich aus dem Munde des Alten Holmes' vertraute Stimme vernahm. „Ausgezeichnet, mein lieber Watson, ausgezeichnet. Ich sehe, meine Tarnung ist wirklich gelungen. Kommen Sie doch herein, und sehen Sie mir diesen kleinen Test bitte nach. Er ist unumgänglich für das Gelingen meines kleinen Planes, den ich in wenigen Augenblicken in die Tat umsetzen möchte." Immer noch verdutzt, betrat ich das Zimmer. Hier warteten schon die beiden Polizisten, die Holmes gestern angefordert hatte. Nachdem er uns kurz miteinander bekannt gemacht hatte, bat er uns, hinter der Tür zum angrenzenden Salon Aufstellung zu nehmen, in den wir auf ein Zeichen Holmes' hineinstürmen und seinen erwarteten Gast überwältigen sollten.

Und tatsächlich: Punkt 4 Uhr klopfte es an der Zimmertür. Durch die dünne Zwischentür hörten wir, wie Holmes für geraume Zeit mit einem anderen Mann sprach. Dann hörten wir plötzlich einen Aufschrei, Gepolter und Holmes' schneidende Stimme. Blitzartig stürmten wir in den Raum und sahen, wie Holmes auf dem Boden mit seinem Besucher rang, der gerade versuchte, eine Pistole aus seiner Jacketttasche zu ziehen. Gemeinsam schafften wir es, ihn ohne große Umstände zu überwältigen und zu entwaffnen. Die beiden Polizisten legten ihm sofort Handschellen an und zerrten ihn wieder in eine stehende Position. Jetzt hatte ich Gelegenheit, mir unseren Gegner näher zu betrachten. Er sah tatsächlich so aus, wie ihn der „Krone"-Hotelier beschrieben hatte, allerdings fehlte ihm der buschige Schnauzbart, und auch die grauen Haare waren millimeterkurz geschnitten – offenbar hatte er so versucht, sich ein anderes Aussehen zu geben. Seine dunklen Augen blitzten uns hasserfüllt an, und mit gutturalem russischen Akzent sagte er: „Ich verlange eine Erklärung! Mit welchem Recht halten Sie mich hier fest?“

„Wir verhaften Sie“, sagte Holmes knapp, „weil Sie der Mörder des ehemaligen Gouverneurs von Omsk, Juri Gogolin, sind.“ Entgeistert blickte uns der Russe an, und seine Verblüffung war ebenso groß wie meine eigene. „Ich denke, er ist ein Hoteldieb und Zechpreller?“, sagte ich völlig konsterniert. „Das ist er gewiss auch“, schmunzelte Holmes, der inzwischen begann, seine Maskerade abzulegen. „Aber das hauptsächliche Vergehen ist der Mord an Gogolin vor einem Jahr. Ist es nicht so, Gospodin Glinka?“ Müde blickte ihn der Russe an, der nun statt des vermeintlichen Schotten den Meisterdetektiv erkannte, den er ja bereits in der „Krone“ gesehen hatte. „Dem großen Sherlock Holmes entgeht wohl kein Detail“, sagte er resigniert. „Nun, da Ihnen nichts verborgen bleibt, kennen Sie ja wohl meine ganze Geschichte.“ – „Leider nicht in allen Einzelheiten“, sagte Holmes, „aber ich bin sicher, dass Sie sie uns erzählen werden. Wenn Sie gestatten, werden wir noch Inspektor Cornelius von der hiesigen Polizei hinzubitten, der ebenfalls begierig sein wird, Ihre Aussage zu hören.“

Cornelius war innerhalb weniger Minuten persönlich vor Ort, und gemeinsam lauschten wir, in die Fauteuils gelehnt, gebannt der Erzählung des Russen: „Mein richtiger Name ist Igor Sergejewitsch Tupolew. Glinka ist, wie Sie sicherlich schon vermutet haben, ein falscher Name, den ich mir zu meiner eigenen Sicherheit zugelegt habe. Ich war bis vor wenigen Jahren ein angesehener und wohlhabender Bürger von Omsk, ein erfolgreicher Kaufmann und glücklich verheiratet. Sie haben das Medaillon gesehen, Sie wissen also, welch eine Schönheit meine Mascha gewesen ist. Ich sage ‚gewesen ist‘, denn sie weilt nicht mehr unter uns. Meine geliebte Mascha.

Es gibt wohl keinen Mann, der seine Frau mehr geliebt hat als ich. Sie war so klug, so warmherzig, und wenn sie lachte, dann war es, als würden warme Sonnenstrahlen auf die kalte sibirische Erde fallen. Nun, es konnte nicht ausbleiben, dass sich eines Tages auch der Schuft Gogolin für meine Mascha zu interessieren begann. Gogolin war damals Gouverneur unserer Provinz – ein ehemaliger Offizier, Gewalttäter und Hasardeur. Nun, jedenfalls hat Gogolin mehrfach versucht, Mascha zu seiner Geliebten zu machen. Dreimal hat sie ihn höflich, aber bestimmt abgewiesen, doch beim vierten Mal kam er unter einem Vorwand in unser Haus, als ich gerade nicht da war, und nahm sich mit Gewalt, was er mit Schmeicheleien und Drohungen nicht erreichen konnte. Meine geliebte Mascha wusste daraufhin keinen anderen Ausweg mehr, als sich mit meinem Revolver das Leben zu nehmen.

Sie ahnte in ihrer Verzweiflung nicht, dass sie mit dieser Tat mein Leben gleich doppelt zerstörte: Denn Gogolin, der bei der Nachricht von ihrem Selbstmord vor Wut raste, stellte es nun so dar, als hätte ich in einem Anfall von Eifersucht meine Frau erschossen. Dass das Gericht der Auffassung des allmächtigen Gouverneurs folgte, brauche ich wohl nicht besonders zu betonen. Dass meine geliebte Mascha durch eine Kugel aus meiner Waffe starb, war den Richtern Beweis genug. Immerhin, ich war ein bedeutender Bürger meiner Vaterstadt, und meine allseits bekannte Liebe zu meiner Frau sprach für mich. So wurde ich nicht zum Tode, sondern zu 20 Jahren Zwangsarbeit im fernsten Teil Sibiriens verurteilt. Mir war es einerlei, denn mit Maschas Tod erschien mir auch mein Leben sinnlos. Doch als ich in der Verbannung erfuhr, dass meine Güter von Gogolin eingezogen worden waren und er nun mein Hab und Gut verprasste, da sann ich auf Rache. Der Gedanke, den wahren Schuldigen am Tod meiner Frau zur Rechenschaft zu ziehen, nahm in meiner Phantasie immer konkretere Formen an."

Er schluckte schwer und fuhr dann fort: „Ich will Ihnen nicht erzählen, wie ich aus dem Lager herausgekommen bin. Das gehört auch nicht hierher, ebenso wenig wie die Namen der Leute, die mir in all der Zeit mit Geld und Informationen weitergeholfen haben. Um es kurz zu machen: Ich erfuhr, dass Gogolin aufgrund seiner zahlreichen Schurkereien inzwischen aus Russland geflohen war, sein Geld aber retten konnte. Aber was heißt ‚sein' Geld? Es war auch mein Vermögen, das er da unrechtmäßig ausgab. Jedenfalls schaffte ich es, seine Spur bis in den Rheingau zu verfolgen. Ich wusste, dass er in der ‚Krone' abgestiegen war, und ersann einen Plan, ihn zu töten. Das war gar nicht einmal schwierig, denn ich wusste, dass er sich ständig verfolgt fühlte. So schrieb ich ihm einen anonymen Brief, in dem ich ihm ankündigte, ihm bei einem geheimen Treffen in Wiesbaden Informationen über einen gewissen Tupolew geben zu können, der ihm dicht auf den Fersen war. Das schien gar nicht einmal so weit hergeholt, da Wiesbaden ja ein Treffpunkt vieler Russen ist und damit ein Umschlagplatz für Nachrichten aller Art. Mein Plan ging besser auf als gedacht. Ich schaffte es tatsächlich, den Schuft in ein leer stehendes Haus zu locken und dort hinterrücks niederzuschlagen. Den Rest kennen Sie ja sicherlich."

„Die Spuren, die Sie dort hinterlassen haben, sprechen für sich", antwortete Holmes. „Aber eines ist mir noch nicht klar: Warum haben Sie Gogolin nackt ausgezogen? Nackt bis auf seinen Zwicker?" – „Diese Rache habe ich mir lange überlegt", sagte Tupolew. „Gogolin sollte buchstäblich genauso nackt vor seinem Richter stehen, wie ich vor meinem Gericht gestanden habe und wie ich das Straflager erduldet habe: entkleidet meiner vorherigen Stellung und aller meiner menschlichen Würde." – „Und warum dann der Zwicker?", fragte ich. „Um seiner gerechten Strafe ins Angesicht zu sehen", erwiderte Tupolew. „Sie wissen sicherlich, dass er stark kurzsichtig war. Nun, er blickte dem Tod ins Auge, so, wie dies auch Verurteilte tun, die erschossen werden, und wie es auch mir beinahe ergangen wäre. Ich hingegen konnte seinen Anblick nicht länger ertragen, ich fing an zu zittern, und ich musste den Revolver direkt auf seine Brust setzen, um die Hinrichtung vollziehen zu können. Ich drehte mich weg und drückte ab, und der Rückstoß des schweren russischen Armeerevolvers, den ich meinem gefesselten Gegner abgenommen hatte und der jetzt das Werkzeug meiner Rache wurde, hätte mich fast umgeworfen. Nun, Gogolin war tot, und meine Rache war vollendet. Ich raffte seine Kleider zusammen und versenkte sie zusammen mit der Mordwaffe im Rhein bei Schierstein."

„Aber eines verstehe ich dann nicht: Warum sind Sie vor wenigen Tagen in der ‚Krone' abgestiegen – im gleichen Haus, das der Ermordete vor Jahresfrist bewohnt hat?", fragte Cornelius. „Das ist nicht einfach zu sagen", murmelte Tupolew. „Nach dem Mord war ich wie betäubt. Der tote Gogolin ließ mich einfach nicht mehr los – fast mehr noch, als er es als Lebender getan hat. Ich wollte wissen, wie es ihm in den letzten Wochen seines Lebens ergangen war. Ich versuchte zu ergründen, welche Gefühle er wohl hatte, als er ruhelos von einem Ort zum nächsten zog. Eine fixe Idee, gewiss. Aber das Einzige, was ich noch im Leben hatte. Ich musste immerzu an meine arme Mascha denken. So kam ich schließlich auch in die ‚Krone'. Sie können sich mein Entsetzen vorstellen, als ich vom Hoteldirektor erfuhr, dass zur gleichen Zeit der berühmte Sherlock Holmes in ebenjenem Haus abgestiegen war. Und mein Entsetzen steigerte sich noch, als mir der Direktor vertraulich berichtete, der Meisterdetektiv sei soeben auf der Spur eines toten Landsmannes in Wiesbaden unterwegs. Da geriet ich in Panik und verließ fluchtartig das Hotel."

„Und warum haben Sie dann das Bild gestohlen?", wollte ich wissen. „Um es wie einen gewöhnlichen Hoteldiebstahl aussehen zu lassen“, antwortete Tupolew. „Etwas Besseres fiel mir in meiner Panik nicht ein. Und dieser Panik ist es wohl auch geschuldet, dass ich nicht bemerkte, wie ich in der Eile das Medaillon im Zimmer verloren habe. Es ist das Einzige, was mir von meiner geliebten Mascha geblieben ist und was ich durch alle Wirrnisse des Arbeitslagers und meiner Flucht gerettet habe. Ich war wie von Sinnen, als ich den Verlust bemerkte. Es war, als hätte ich Mascha ein zweites Mal verloren. Ich war drauf und dran, unter einem Vorwand zur ‚Krone‘ zurückzufahren oder dort in der Nacht einzubrechen. Doch dann sah ich in der Zeitung die Anzeige des schottischen Gentleman, der so selbstlos das Schmuckstück seinem Besitzer wiederzugeben versprach. Nicht eine Sekunde dachte ich daran, dass es sich um eine Finte von Sherlock Holmes handeln könnte. Ich habe Ihre Fähigkeiten und Ihre Geschwindigkeit unterschätzt“, sagte Tupolew, zu Holmes gewandt, mit traurigem Lächeln.

„Dann verraten Sie uns jetzt bitte auch, wo Sie die Brosche von Lady Summerhill haben“, sagte ich. „Welche Brosche? Welche Lady?“, entgegnete Tupolew würdevoll. „Mein Herr, ich bin kein Dieb! Ich habe im Hotel das offensichtlich wertlose Bild mitgenommen, um meine Flucht zu verschleiern. Aber ich bin kein Mann, der irgendwelchen Ladys Schmuck stiehlt. Sie können gern mein Zimmer in der ‚Pension Augusta‘ in der Langgasse durchsuchen, wo ich nach meiner Flucht aus Assmannshausen abgestiegen bin. Sie werden dort in meinem Gepäck das Bild finden, aber bestimmt keinen gestohlenen Schmuck.“

„Das habe ich auch nicht erwartet“, sagte Holmes lächelnd. „Mit der verschwundenen Brosche haben Sie wirklich nichts zu tun. Hier war ein anderer Verbrecher am Werk, der freilich kaum weniger geschickt vorgegangen ist.“ Bei diesen Worten wurde Cornelius hellhörig, doch Holmes beschwichtigte ihn lachend. „Niemand, der in Ihre Zuständigkeit fällt. Wenn Sie der Fall trotzdem interessiert, so kommen Sie morgen Nachmittag gegen halb sechs Uhr in die ‚Krone'. Ich habe dort eine kleine Überraschung vorbereitet."

Cornelius war pünktlich zur Stelle und gespannt auf die versprochene Überraschung. Auf Holmes' Geheiß versammelten wir uns alle im Salon von Lady Summerhill, die uns mürrisch begrüßte. Holmes bat sie, noch einmal in ihren Kleiderschrank sehen zu dürfen, was die Lady mit herrischem Kopfnicken gestattete. Dort hingen in Reih und Glied die Kleider der Lady. Vorsichtig und offenbar hoch konzentriert tastete Holmes eines nach dem anderen ab, bis schließlich ein Schmunzeln sein Gesicht erhellte. Triumphierend zog er schließlich eine schwarzsamtene, mit vielen Plisseefalten geschmückte Robe hervor. In einer Falte des Stoffes, den Holmes behutsam gerade zog, prangte unübersehbar – die verloren geglaubte Brosche! Wir alle waren starr vor Staunen. Auch Lady Summerhill schaute erst irritiert auf das Kleid, dann böse in Richtung der errötenden Zofe, doch schließlich begann sie zu lächeln. „Ich glaube, ich muss mich bei Ihnen entschuldigen", sagte sie schließlich in Richtung des unendlich erleichterten Hoteldirektors. „Dieses Kleid trug ich am Abend vor meiner Ankunft in diesem Hotel. Offenbar habe ich vergessen die Brosche abzunehmen. Wie mir so etwas passieren konnte … Und ich habe Ihr Haus verdächtigt. Ihren Zimmerkellner. Die arme Jenny. Ich glaube, ich werde in Zukunft nicht so vorschnell mit meinem Urteil sein."

Mit vielen Freundlichkeiten verabschiedeten wir uns. Holmes, Cornelius und ich gingen an die Bar, wo uns der Hoteldirektor mit zahlreichen Drinks freihielt, ehe er sich schließlich zurückzog. Ja er hätte uns in seiner Freude sogar einen Gratis-Aufenthalt spendiert, den Holmes freilich ablehnte – mit der schmunzelnden Begründung, dass er vorerst genügend Fälle in diesem Haus gelöst habe. Cornelius schien von der dargebotenen Überraschung freilich noch nicht ganz zufrieden gestellt. „Nun einmal im Ernst, lieber Mr. Holmes: Die Lady hat doch nicht wirklich ihre Brosche an ihrer Robe vergessen, oder?“ – „Nein, das hat sie in der Tat nicht. Ich habe sie heute, während ich die Kleider inspizierte, heimlich dort angebracht. Sie kennen ja meine Fingerfertigkeit. Die Brosche war tatsächlich entwendet worden, wenn auch von keinem Dieb, den Sie belangen könnten.“ – „Sondern?“, fragte Cornelius ungeduldig. „Es mag banal klingen, aber der ‚Täter‘ war eine Elster. Ja, Sie haben richtig gehört, der diebische Vogel hat seinem Namen alle Ehre gemacht. Aber er hatte es auch leicht: die offene Schmuckkassette auf dem Frisiertisch, dieser direkt am offenen Fenster … Der Vogel konnte ohne Weiteres hineinfliegen und sich das schönste Stück aus der Schatulle herauspicken. Die Beweislage ist eindeutig: Auf der Schatulle befinden sich feinste, kaum wahrnehmbare Kratzer, die nur von zwei Vogelkrallen stammen können …“

„Von den Fußspuren der Russen zu den Krallenspuren auf der Kassette“, murmelte Cornelius anerkennend. „Für mich sind das heute genügend Spuren. Jetzt interessiert mich eigentlich nur noch, wie Sie das Vogelnest und damit die Brosche gefunden haben.“ – „Durch Beobachtung“, sagte Holmes. „Wie Ihnen Dr. Watson gern bestätigen kann, war mein Spaziergang entlang des Rheins vorgestern sehr erhellend – und in gewissem Sinne auch Gewinn bringend.“ – „Aber warum haben Sie die Brosche denn dann nicht sofort abgeliefert?“, fragte ich. „Weil ich der Ansicht war, dass auf diese Weise Lady Summerhill für ihre Umwelt künftig ein wenig erträglicher wird. Wem hätte es genützt, wenn ich eine Elster als Diebin offenbart hätte? Dem Hotelier ganz gewiss nicht. Und ich bin sicher, dass auch die gute Jenny es mir danken wird, wenn ihre Herrin künftig ein wenig konzilianter ist.“

So endeten für uns einige turbulente Tage im Rheingau und in Wiesbaden, die ursprünglich ganz anders geplant gewesen waren. Bereits am darauf folgenden Tag verließen wir mit dem Morgenzug das malerische Assmannshausen, von vielen Dankesworten des Hoteliers begleitet. In London erfuhren wir dann, dass es gegen den verhafteten Tupolew zu keiner Anklage kommen würde – er war in der Haft verstorben. Die Polizei hatte zunächst einen Selbstmord vermutet, doch nach einer genauen Obduktion konnte dies ausgeschlossen werden. Tupolews Herz hatte einfach aufgehört zu schlagen. Der häufig so kühle Holmes ließ echtes Mitleid mit dem geschundenen Mann erkennen, dessen Leben so aus der Bahn geworfen worden war und der nun im Tode mit seiner geliebten Mascha vereint war. Aus dem Gedächtnis zitierte er einen Aphorismus des großen Tolstoi: „Es ist unklug, das Leben nach dem Zeitbegriff abzumessen. Vielleicht sind die Monate, die wir noch zu leben haben, wichtiger als alle durchlebten Jahre." Und nachdenklich griff er nach seiner Violine, um das Thema von Siegfrieds Trauermarsch aus Wagners „Götterdämmerung" zu intonieren.

Sherlock Holmes und der „Fall Wagner"

So viele Vorzüge mein Freund Sherlock Holmes auch haben mochte und so analytisch und strukturiert sein Gehirn arbeitete – ein ausgeprägter Sinn für häusliche Ordnung gehörte nicht zu seinen großen Stärken. Da auch ich von Natur aus eher phlegmatisch veranlagt bin, türmten sich in unserem gemeinsamen Wohnzimmer in der Baker Street große Stapel mit Zeitungsausschnitten, Briefen, Büchern, Dokumenten, Beweisstücken und geschäftlicher Post aus abgeschlossenen Fällen auf den kleinen Tischen, dem Sideboard, dem Kaminsims, auf Fensterbrettern und sogar auf einigen Sesseln.

Selbst dem wohlmeinendsten Besucher hätte man dies nur sehr unzureichend mit einem ausgeprägten Hang der Bewohner zur Boheme erklären können. Mrs. Hudson, die durch Holmes' chemische Experimente schon vieles gewohnt war, blickte mit immer missbilligenderer Miene auf die sich vergrößernde Unordnung, und als sie schließlich damit drohte, in unsere „Bärenhöhle" keinen Fuß mehr zu setzen, raffte ich mich notgedrungen dazu auf, zumindest die gröbsten Auswüchse in diesem Augiasstall zu beseitigen. Holmes erklärte sich zögerlich zur Mithilfe bereit – und das auch nur mit dem Argument, verhüten zu müssen, dass ich möglicherweise wertvolle Stücke dem Abfallkorb anvertrauen würde.

So schritt die Aktion sehr langsam voran. Kaum hatte ich ein Schriftstück zur Hand genommen, blitzte es in Holmes' Augen auf. „Ah, der Erpresserbrief, der Milton Myers überführte!", rief er dann aus oder „In dieser Kladde hat der verbrecherische Goodwood seine geheimen Hehlergeschäfte verzeichnet." Wenn ich ihn dann fragend ansah, hatte Holmes eine willkommene Gelegenheit, meinen Arbeitseifer zu bremsen und mir ausführlich diesen oder jenen Fall zu schildern. Nach einigen Stunden, wir hatten kaum ein Drittel aller Stapel gesichtet, erregte eine flache, höchst elegante Schachtel meine Aufmerksamkeit. Sie enthielt einzig ein zerfetztes und durchlöchertes Papier – offenbar eine Notenhandschrift.

In schwungvollen Buchstaben stand am unteren Rand etwas, das wie eine Widmung aussah, die ich aber nicht recht entziffern konnte. Ich drehte und wendete das Blatt, das offenbar einmal Bestandteil einer ganzen Partitur gewesen war, und etwas ratlos reichte ich es meinem Freund. Holmes' Augen begannen zu glänzen, als er meines Fundes ansichtig wurde, und begeistert rief er aus: „Mein lieber Watson, was Sie hier aus dem Stapel gezogen haben, ist nicht weniger als ein Stück aus Richard Wagners ‚Meistersingern'. Und zwar aus der Original-Partitur. Sie wissen, wie sehr ich seine Musik schätze. Aber wissen Sie auch, dass ich schon in jungen Jahren den ‚Meister' einmal persönlich kennen gelernt und ihn aus einer misslichen Lage befreit habe?" Neugierig sah ich Holmes an, der seine Chance ergriff, dem lästigen Aufräumen für eine Weile zu entkommen. „Das wäre eine schöne Episode für Ihre Sammlung meiner Kriminalfälle", sagte er lächelnd, während er mich zu einem mittlerweile frei geräumten Sessel schob und im gegenüberliegenden Fauteuil Platz nahm. „Ich bin sicher, diese Geschichte aus meiner frühen Jugend wird Ihre Leserschaft außerordentlich interessieren."

„Es war im Jahr 1862", begann Holmes, „als meine Eltern mit meinem älteren Bruder und mir eine ausgedehnte Reise durch den Kontinent unternahmen. Ich war damals noch ein junger Schüler, vielleicht ein wenig altklug, aber mit wachem Verstand und schneller Auffassungsgabe. Wie ich heute, so war auch mein Vater damals schon ein großer Freund deutscher Musik, und insbesondere die Opern Richard Wagners hatten es ihm angetan. So kam es, dass wir auf unserer Reise auch in Wiesbaden Station machten, denn mein Vater hatte es sich in den Kopf gesetzt, dem schon damals sehr bekannten, wenn auch reichlich skandalumwitterten Komponisten seine Aufwartung zu machen.

Eines Nachmittags – es war ein schöner Sommertag – fuhren wir, ausgestattet mit dem Empfehlungsschreiben eines mit meinem Vater befreundeten Violinisten, nach Biebrich hinaus, wo Wagner in einer malerischen Villa am Rheinufer sein Quartier bezogen hatte. So günstig die äußeren Umstände unseres Besuchs auch gewesen sein mögen, so unglücklich war der Zeitpunkt unseres Eintreffens. Der ‚Meister' war enragiert. Zornesrot im Gesicht, rannte er gnomengleich mit wild fuchtelnden Armen durch die Räume, brüllte bald diesen, bald jenen seiner umstehenden Freunde an und nahm von der englischen Familie, die ein wenig verlegen am Eingang zu seiner Zimmerflucht im Obergeschoss verharrte, überhaupt keine Notiz. ‚Verrat! Niedertracht! Überall Neid, Lug und Trug!', hörten wir den Komponisten toben und eine Reihe nicht druckreifer, sächsisch gefärbter Schimpfwörter ausstoßen.

Für meinen Vater, der dem Werk Wagners aufrichtige Ehrfurcht entgegenbrachte, muss angesichts des cholerischen Charakters des Schöpfers dieser herrlichen Melodien eine Welt zusammengebrochen sein. ‚Wenn wir ungelegen kommen …', hub er an, doch der freundliche Mann mittleren Alters, der uns an der Tür empfangen hatte – es war der auf einer längeren Visite weilende Komponist Peter Cornelius aus Mainz, der im Übrigen entfernt verwandt ist mit unserem Freund Inspektor Cornelius von der Wiesbadener Polizei – bedeutete uns einzutreten. ‚Vielleicht ist der Besuch von weither angereisten Bewunderern jetzt genau das Richtige', sagte er mit einer Miene, in der sich abwechselnd Besorgnis und Erleichterung widerzuspiegeln schienen.

Und tatsächlich, die Anwesenheit einer kompletten Familie aus England schien eine gewisse beruhigende Wirkung auf Wagner zu haben, dessen hochroter Kopf unter dem altdeutschen grünen Samtbarett förmlich zu glühen schien. Höflich nahm er im Salon, in dem sich schon mehrere Damen und Herren aus dem näheren Umfeld des Komponisten befanden, die Gunstbezeugungen meines Vaters entgegen, plauderte dann ein wenig Belangloses, lächelte sogar einmal kurz und fing dann doch wieder an, sich in Rage zu reden: Alle seien gegen ihn. Seine Kritiker, seine Gläubiger, sein Vermieter, seine eigene Ehefrau, ja selbst sein Verleger. Jeder würde ihn mit kleinen Ärgernissen von der Arbeit abhalten. Ständig würden irgendwelche persönlichen Gegenstände verschwinden, wie sein kleiner Bronze-Buddha und sein seidener Morgenrock.

Und nun sei als Gipfel des Unglücks auch noch sein Manuskript verschwunden. Die wertvolle, in Teilen fertiggestellte Partitur der ‚Meistersinger'. Die Arbeit von Monaten, von Jahren zunichtegemacht. Verschollen, gestohlen, vielleicht vernichtet oder gar schon heimlich kopiert. Oder, noch schlimmer, von seinem Verleger als Pfand für die vielen Rückstände heimlich einkassiert. Oder von einem seiner Gläubiger. Jedenfalls unauffindbar. Und sein Vermieter, dieser grässliche Mensch, lasse überdies ständig seine bissige Bulldogge auf ihn los. Als wenn er nicht schon genug Sorgen hätte ...

Mein Vater versuchte zu trösten und zu beschwichtigen, machte hier und da einen zaghaften Einwurf, doch dem weinerlichen Wehklagen des Genies vermochte er wenig entgegenzusetzen. Auch die Umstehenden machten betretene Mienen. Verleger Schott, der die Szene an den Fenstersims gelehnt verfolgt hatte, bekam nun seinerseits einen hochroten Kopf angesichts Wagners unglaublicher Unterstellungen. Cornelius blickte betreten auf den Teppich; schließlich war er es, der die wertvolle und fast fertige Partitur zuletzt in den Händen gehalten und sie dann, wie er kleinlaut beteuerte, auf einen niedrigen Ablagetisch neben dem Arbeitsplatz des ‚Meisters' gelegt hatte. Selbst die zufällig anwesende Aufwartefrau, die in den Räumlichkeiten für ein wenig Ordnung sorgte, blickte kummervoll, ob nicht der Bannstrahl des Komponisten erneut auch sie träfe. Schließlich hatte sie der ‚Meister' bereits im Verdacht, heimlich das eine oder andere beiseite geschafft oder unauffindbar verräumt zu haben. Sie alle fühlten sich ungemütlich, denn nun schien auf einmal die Arbeit von Jahren gefährdet, und die Wutanfälle Wagners waren ihnen allen nur allzu gut bekannt.

Zu allem Überfluss kam nun auch noch eine zähnefletschende Bestie ins Zimmer gerast – Bulldogge Leo, gefolgt von einem verdrießlich aussehenden Mann, den wir unschwer als den Besitzer der herrlichen Villa am Rhein ausmachten. Wütend knurrte der Hund den Komponisten an, schnappte auch ein oder zwei Male nach dem Ende von dessen samtenen Umhang und ließ sich erst von Cornelius beschwichtigen, der ihn mit einem Zipfel Wurst weglockte. Gierig schnappte die Bulldogge nach dem Wurstrest und entschwand damit in erstaunlichem Tempo durch die noch offen stehende Tür. Wenig später hörten wir das heisere Gebell im Garten.

Mittlerweile spitzen sich die Dinge im Salon zu: ‚Ein Diebstahl – in meinem Haus?', fragte der Vermieter drohend, und die Adern an seinen Schläfen schienen fast zu platzen. ‚Am Ende behaupten Sie noch, ich hätte das Dokument entwendet, um Ihre ewigen Mietrückstände einzutreiben oder Sie gar aus dem Haus zu ekeln', knurrte er. ‚Sein Hund jedenfalls trägt ja schon seinen Teil dazu bei', raunte mir mein Vater zu, dem die Sache langsam unbehaglich wurde. Es war wirklich ein denkbar schlechter Zeitpunkt für einen Besuch. ‚Vielleicht sollten wir uns jetzt höflich verabschieden', sagte mein

Vater leise zu meiner Mutter. Doch ich hatte inzwischen Interesse an dem Fall gefunden, und auch mein in Gedanken versunkener älterer Bruder Mycroft schien bereits seine eigenen Schlüsse aus der Sachlage zu ziehen.

‚Vielleicht dürften wir einmal die Stelle sehen, von der die Partitur verschwunden ist', bat ich höflich, und das zustimmende Gemurmel der Umstehenden zeigte mir, dass das zumindest eine Idee war, die die Situation etwas entspannen konnte. Mein Vater runzelte die Stirn ob dieser eigenmächtigen Einmischung seines jüngsten Sprösslings, war aber zugleich auch ein wenig stolz auf die positive Wirkung des Vorschlags.

Widerwillig winkte uns Wagner in den angrenzenden Salon, wo links neben dem großen Arbeitstisch tatsächlich ein kleiner, niedriger Beistelltisch stand. Unordentlich sah es darauf aus. Ein leer getrunkenes Weinglas aus Kristall stand dort, und ein leerer goldgerandeter Porzellanteller mit einigen Brotkrümeln darauf zeugte von einer eiligen Mahlzeit. Mehrere Briefe und Kompositionsskizzen lagen ebenfalls bunt durcheinandergewürfelt auf dem Tischchen, einige auch auf dem Boden verstreut. Aber das Wichtigste fehlte.

‚Wie sah die Partitur denn aus?', fragte mein Bruder interessiert. ‚Ein faustdicker Stapel lose gehefteter Blätter', knurrte Wagner und zeigte mit unwirschen Handbewegungen das ungefähre Format an. Ich besah mir inzwischen den Beistelltisch näher, und ein Blatt erregte meine besondere Aufmerksamkeit. Es war ein ganz gewöhnlicher Brief eines Bewunderers, mit schwarzer Tinte in besonders sorgfältiger Sonntagsschrift geschrieben. Aber wichtiger als der Inhalt war die Form des Papiers. Es wies in der Mitte eine deutliche und an einigen Stellen leicht eingerissene Delle auf, wie von einem schweren Gegenstand eingedrückt. ‚Das ist sehr ungewöhnlich', sagte ich und sah die Umstehenden fragend an, doch keiner wusste sich einen Reim darauf zu machen.

Einzig Mycroft schien ebenfalls bereits eine Theorie zu entwickeln. Er besah sich das Papier genau, drehte und wendete es und flüsterte erst meinem Vater und dann mir etwas ins Ohr.

Ein Lächeln ging über mein Gesicht. ‚Vielleicht sollten wir den Hund zur Suche einspannen', schlug ich vor. Unwilliges Gemurmel zeigte uns, dass dieser Vorschlag keinen großen Anklang fand, schließlich war Bulldogge Leo weithin gefürchtet, und auch auf uns hatte sie keinen besonders guten Eindruck gemacht. Aber auf mein inständiges Drängen ließ sich der Vermieter doch herab, den knurrenden Hund aus dem Garten zu holen und erneut in den Salon zu führen, diesmal kurz an der Leine gehalten. Was ich nun tat, erstaunte die Umstehenden noch viel mehr. Anstatt dem Hund das bewusste Schriftstück unter die sabbernde Schnauze zu halten, erbat ich mir von dem verdutzten Cornelius ein weiteres Stück Wurst, das ich auf dem leeren Teller platzierte. Dann bat ich den Vermieter, den bereits unruhigen Leo von der Leine zu lassen. Wie eine Rakete schnappte sich Leo die Wurst und verschwand mit seiner Beute blitzartig in Richtung Treppenhaus. Ich stürmte hinterher, vorbei an den immer verblüffteren Umstehenden sowie meinem Bruder Mycroft, der mir aufmunternd zublinzelte.

Lieber Watson, können Sie sich die Freude vorstellen, die wenig später herrschte, als ich triumphierend mit einem Packen Notenblättern unter dem Arm wieder den Salon betrat, begleitet von wütendem Gebell aus dem Garten. ‚Mein Junge, wie hast du das nur fertiggebracht?', rief Wagner in seinem sächselnden Dialekt, umarmte mich und drückte mir überschwänglich Küsse auf beide Wangen. Auch bei den Umstehenden machte sich Erleichterung breit, waren sie doch von einer drängenden Sorge befreit. ‚Nun sagen Sie uns bitte, junger Herr, wie Sie das gemacht haben', äußerte der Vermieter mit hochgezogenen Augenbrauen, aber nicht unfreundlich.

‚Das war vergleichsweise einfach', sagte ich. ‚Das Briefpapier, das wir am Tischchen gefunden haben, war charakteristisch eingedrückt. Wer näher hinsieht, erkennt die Umrisse einer Hundepfote. Damit war der Täter eigentlich schon überführt. Und auch das Verhalten des Hundes sprach dafür: Wie wir gesehen haben, schnappt er gern nach etwas Essbarem, das er dann blitzschnell in seine Hütte trägt. Doch auch andere Dinge scheint die Bulldogge geschätzt zu haben, und an diesem Morgen war es eben die auf dem niedrigen Tisch liegende Partitur, die er trophäengleich in seine Hütte schleppte. Ich fand sie dort zwischen Braten- und Wurstresten, mehreren Sofakissen, einem seidenen Morgenmantel, einer bronzenen Buddha-Figur, einer alten Decke sowie mehreren schon halb zerfledderten ledergebundenen Büchern – offenbar Leos Beute der letzten Monate.'

‚Mein Morgenrock! Mein Buddha! Meine Sachen', rief Wagner mit Verve. Bewegt streichelte er mir dann über die Stirn, sagte etwas von ‚aufgeweckter Junge', nahm schließlich das großenteils zerfetzte oberste Notenblatt und schrieb mir eine kurze Widmung darauf. Mein Vater, der vor Freude fast sprachlos war, wurde überdies mit einem kostbaren Erstdruck von Wagners Schriften bedacht, in den der Komponist ebenfalls ein paar sehr herzliche Zeilen schrieb. Jetzt wissen Sie also, Watson, wie ich in den Besitz des wertvollen Wagner-Autographs gekommen bin", schloss Holmes die Erinnerung aus seiner Jugend.

„Nur eines ist mir immer noch nicht klar", entgegnete ich nachdenklich. „Woher wussten Sie so genau, dass der Hund die Partitur entführt hatte? Sehr musikalisch kam mir das Tier nach Ihrer Schilderung nicht vor." – „Durch logisches Überlegen", lächelte Holmes. „Der Hund konnte sich im Haus frei bewegen. Er lief häufig durch die Räume des Komponisten, und wann immer möglich, schien er sich irgendwelche Leckereien oder sonst etwas, was ihm gefiel, geschnappt zu haben. Den Pfotenabdruck auf dem herabgefallenen Papierstück habe ich als schlüssiges Indiz ja schon erwähnt. An jenem Tag war es wohl die Partitur, die der offenbar von wahlloser Sammelleidenschaft ergriffene Hund in seine Hütte trug.

Zugegeben, das Ganze klingt reichlich unwahrscheinlich, aber nach längerem Überlegen war er der einzig mögliche Täter. Wer hätte sonst ein Motiv gehabt? Einer aus dem Freundeskreis Wagners? In höchstem Maße unwahrscheinlich. Ein Gläubiger? Auch unwahrscheinlich, da ein halbfertiges Manuskript wohl kaum zu Geld zu machen gewesen wäre. Ein musikalischer Gegenspieler Wagners? Es gibt bessere Methoden, als eine Partitur zu stehlen. Der Vermieter? Auch unwahrscheinlich – auf ihn wäre doch angesichts des gespannten Verhältnisses zu Wagner sofort der Verdacht gefallen. Die Zugehfrau? Wie sollte sie, die des Lesens offenbar kaum mächtig war, das wertvolle Manuskript erkennen. Nach Ausschluss aller Möglichkeiten blieb einzig Bulldogge Leo übrig. Ein Gedankengang, den zuerst übrigens mein Bruder Mycroft entwickelt hat. Sie wissen ja, dass seine analytischen Fähigkeiten noch höher einzuschätzen sind als meine bescheidenen Mittel. Aber schon damals war er eher ein Mensch des Geistes, nicht der Tat, so dass die praktische Ausführung mir überlassen blieb. Und damit auch die Anerkennung des Komponisten."

„Was mich von Wagners ‚unendlicher Melodie' übrigens wieder zu unserer schier endlosen Aufräumaktion führt", bemerkte Holmes schließlich trocken. „Aber vielleicht wollen Sie sich erst ein paar Notizen für eine spätere Niederschrift machen, ehe wir fortfahren", sagte er lächelnd. „Und es wäre mir eine Freude, Ihre literarischen Arbeiten mit passender Musik zu untermalen." Und ehe ich protestieren konnte, hatte Holmes bereits seine Stradivari in der Hand, lehnte sich gedankenverloren zurück und improvisierte die herrliche Melodie von Stolzings Preislied.

Nachwort

Holmes und London – das eine ist ohne den anderen kaum vorstellbar. Aber Holmes und Wiesbaden – passt das zusammen? Auf den ersten Blick vielleicht nicht, spätestens aber auf den zweiten. Denn längst nicht alle Abenteuer – ob Parodien oder Pastiches –, die von anderen Autoren in der Tradition des Holmes-Schöpfers Sir Arthur Conan Doyle geschrieben wurden, spielen in der britischen Metropole. Und selbst in den Geschichten, die von Doyle selbst verfasst wurden, begibt sich der Detektiv gern einmal in Regionen, die nicht auf den britischen Inseln liegen. Seine Flucht vor Professor Moriarty führt ihn bekanntlich bis in die Schweiz, und in den Jahren nach seinem fingierten Tod in den Reichenbachfällen bereist er nach eigener Aussage so exotische Ziele wie Tibet, Persien, Mekka und Khartum (wobei er höchst wertvolle Berichte an die britische Regierung liefert), bevor er einige Zeit mit wissenschaftlichen Studien in Südfrankreich verbringt. Eine gelegentliche Reise nach Wiesbaden liegt also durchaus im Rahmen des Möglichen. Erst recht, wenn man bedenkt, dass Wiesbaden als glanzvoller Badeort Gäste aus allen Nationen anzog. Auch manch zwielichtige Gestalt dürfte darunter gewesen sein – und somit dem Meisterdetektiv hinreichend Möglichkeiten zur Betätigung gegeben haben. Vor allem dann, wenn es sich bei den Verbrechen um politisch brisante Fälle handelte, deren rasche Aufklärung im Interesse der britischen Regierung lag. Diesen Faden habe ich mit den vorliegenden Holmes-Abenteuern aufgenommen.

Die meisten Personen und Handlungen in diesem Buch sind frei erfunden. Den in Wiesbaden ermordeten russischen Großfürsten hat es ebenso wenig gegeben wie den skrupellosen Ex-Gouverneur von Omsk, den Bassisten und Doppelmörder Lefevre oder den verräterischen Privatsekretär der Queen. Dennoch habe ich mir erlaubt, einige reale Personen in die Handlung einzubauen, beispielsweise den angesehenen Sektfabrikanten Johann Jacob Söhnlein. Auch reale historische Ereignisse finden sich in den Geschichten wieder. Dazu gehört das geplante (aber gescheiterte) Attentat der Anarchisten auf Kaiser Wilhelm I. anlässlich der „Germania"-Einweihung im Jahr 1883. Die Beschreibung der pompösen Feier ist zeitgenössischen Berichten entnommen. Die Sage vom „Eisenmännchen" ist in Schierstein seit zahlreichen Generationen überliefert und auch heute noch vielen Wiesbadenern geläufig; eine gedruckte Fassung findet sich aktuell in dem Buch „Sagenhaftes Wiesbaden" aus dem Societäts-Verlag.

Auch die im Eingangskapitel abgedruckte Rahmenhandlung ist frei erfunden, aber ebenfalls mit zahlreichen Fakten und realen Personen durchsetzt. Dazu gehören Michael Moss, ehemaliger Chefarchivar der University of Glasgow, und Jacqui Seargeant, heute Marketing-Managerin einer großen schottischen Whisky-Destillerie, denen ich hiermit meine Referenz erweise. Der schottische Major Watson, angeblicher Verwandter des Holmes-Biographen Dr. Watson, ist zwar erfunden, hat aber ein reales Vorbild in einem der nach dem Ersten Weltkrieg in Oberschlesien eingesetzten Offiziere. Die Ereignisse der Jahre 1920–1922 sind korrekt wiedergegeben und ausführlich in meiner Dissertation nachzulesen. Die Darstellung des möglichen Schicksals der lange verschollenen Wiesbadener Holmes-Abenteuer lehnt sich an Hinweise auf solche unveröffentlichten Manuskripte an, die Doyle in seinen Geschichten selbst gegeben hat, ist aber reine Fiktion. Wer also beabsichtigt, den genannten Aktenbestand mit den „Wiesbadener Fällen" im Londoner Public Record Office (heute Teil der National Archives) selbst in

Augenschein zu nehmen, wird dort kein Glück haben. Holmes bleibt eben doch in vielem ein Rätsel …

Ich habe mich bemüht, die Atmosphäre der „Weltkurstadt“ Wiesbaden in den Jahren zwischen 1880 und 1900 möglichst authentisch wiederzugeben. Sollte dem Leser aber doch eine historische oder gar dramaturgische Ungereimtheit auffallen, so freue ich mich über diesen kriminalistischen Spürsinn, bitte aber zugleich um Nachsicht. Auch der getreue Watson hat es häufig mit den Details seiner Berichte nicht sonderlich genau genommen – möglicherweise, um aufmerksamen Lesern so einen zusätzlichen Anreiz bei der Lektüre zu bieten.

Mein Dank gilt meiner Frau, Dr. Eva Wodarz-Eichner, die über mehrere Jahre hinweg mit literarischer und historischer Kenntnis das Entstehen meiner Holmes-Geschichten begleitet und mir so manche Anregung gegeben hat. Ihr ist dieses Buch gewidmet. Meinem Studienfreund, Herrn Privatdozent Dr. Stefan Keym, danke ich für die fachliche Beratung bei der Salonmusiker-Geschichte. Und last but not least danke ich dem Societäts-Verlag, namentlich Herrn Dr. Jürgen Kron, dass er mein Buch in sein Verlagsprogramm aufgenommen hat.

Wiesbaden, im Juni 2009
Karsten Eichner